BARÁ
NA TRILHA DO VENTO

Miriam Alves

BARÁ
NA TRILHA DO VENTO

Miriam Alves

Todos os direitos desta edição reservados à Malê Editora

Direção editorial
Francisco Jorge & Vagner Amaro

Bará: na trilha do vento
ISBN: 978-65-85893-21-3

Edição e preparação dos originais: Francisco Jorge dos Santos

Digitador: Igor Correia

Revisão: Rose Campos e Pedro Silva

Projeto gráfico, diagramação e capa: Ale Santos

Ilustração de capa: Senegambia

Texto revisado segundo o novo Acordo Ortográfico da Língua Portuguesa.
Proibida a reprodução, no todo, ou em parte, através de quaisquer meios.

Dados internacionais de catalogação na publicação (CIP)

Vagner Amaro – Bibliotecário - CRB-7/5224

A474b	Alves, Miriam
	Bará: na trilha do vento / Miriam Alves. — 2. ed. — Rio de Janeiro: Malê, 2024.
	196 p.
	ISBN 978-65-85893-21-3
	1. Romance brasileiro I. Título.
	CDD B869.3

Índices para catálogo sistemático: 1. Literatura brasileira : Romance B869.3

Editora Malê
Rua Acre, 83/ 202, Centro. Rio de Janeiro (RJ). CEP: 20.081-000
www.editoramale.com.br
contato@editoramale.com.br

SUMÁRIO

NA CIRANDA DA ANCESTRALIDADE
CRISTIAN SOUZA DE SALES 7

1 O DESPERTADOR PRETO 19

2 SENHOREAR O TEMPO 29

3 PORTA AFORA RUA ACIMA 37

4 QUITANDA DA VILA ESPERANÇA 43

5 O REINO DOS PÁSSAROS 51

6 OUVIDOS ATRÁS DA PORTA 57

7 DAQUITÉ E O JAVALI 65

8 A CASA DE GEORGINA 71

9 POSTO AVANÇADO 77

10 APOEMA 83

11 A CHEGADA DOS LOUREIROS DE ASSIS 91

12 O BOLO DE FUBÁ 99

13 BAÚ DE SABEDORIA 105

14 CIRANDA ANCESTRAL 113

15 LUFA-LUFA DE FESTA 119

16 "ESPERANÇA DA VILA" 127

17 CANÇÕES, VALSAS, SAMBAS E SONHOS 139

18 A TRILHA DA ESPERANÇA 147

19 LUA, VÊNUS E JÚPITER 155

20 A VIAGEM DE D. CINA 163

21 OS AVISOS 169

22 O VELÓRIO 175

23 SABINO E O MORRER 183

24 BARÁ DE VOLTA AO TERRAÇO 189

NA CIRANDA DA ANCESTRALIDADE

CRISTIAN SOUZA DE SALES

TRAZER à tona "histórias relegadas e visibilizar anônimas existências" é o que anuncia o primeiro romance da escritora negro-brasileira Miriam Aparecida Alves ou simplesmente Miriam Alves como o seu público-leitor a reconhece. *Bará na trilha do vento* é uma narrativa que evoca a nossa ancestralidade africana entrelaçada por crenças, histórias e memórias.

Bará é obra literária tecida por Miriam Alves, no contexto da literatura negro-brasileira feminina contemporânea, após mais de três décadas de uma trajetória intelectual iniciada, em 1982, no volume 5, dos *Cadernos Negros* (1978) e, no ano seguinte, com a publicação de seu primeiro livro, *Momentos de busca* (1983), além de sua passagem de 1970 a 1989 pelo *Grupo Quilombhoje Literatura*. É a materialização de um desejo alimentado por uma menina negra que, desde muito cedo, mantinha as suas poesias escondidas em gavetas e sonhava em ser escritora.

Miriam Alves, ao longo de vinte e quatro narrativas, recupera histórias unidas pelos fios de contas que compõem a nossa ancestralidade. A autora consolida em *Bará na trilha do vento* o assenhoreamento do poder da palavra tomada pelas escritoras negras brasileiras como o principal instrumento de reivindicação na luta pelo direito a voz, em especial no combate contra as desigualdades históricas que têm sido geradas pelo racismo e pelo sexismo.

A escrita da mulher negra, enquanto construção social da diferença, tramada às margens do cânone literário no Brasil, é "construtora de pontes" entre o passado e o presente, pois tem "traduzido, atualizado e transmutado uma produção cultural, o saber e a experiência de mulheres através das gerações", segundo observa Heloísa Toller Gomes (2004, p.13), em *Visíveis e invisíveis grades: vozes de mulheres na escrita afro-descendente contemporânea.*

Miriam Alves constrói essa ponte mencionada por Gomes, pois pertence a uma linhagem de escritoras formada por mulheres negras que, driblando imposições e modos de silenciamentos, em seus respectivos contextos, buscaram rotas alternativas para uso da palavra, conseguindo expressar uma visão de mundo distanciada daquela difundida pelas narrativas tradicionais. Nesse coro dissonante, as vozes em seu tempo, em prosa e em verso, constituem-se das seguintes trajetórias: Maria Firmina dos Reis (1825-1917), com o primeiro romance abolicionista, Úrsula (1859); Auta de Souza (1876-1901), Antonieta de Barros (1901-1952); Laura Santos (1921); Maria Helena Vargas da Silveira (1940-2009); Carolina Maria de Jesus (1914-1977), entre outras.

Do mesmo modo, são escritoras negras que, assim como Miriam Alves, em *Bará na trilha do vento,* acreditaram na potência da palavra, ou seja, no poder que ela tem de intervir, modificar e rasurar representações, discursos, imagens depreciativas produzidas nos textos literários canônicos.

São "grafias da negrura nos traços da letra", conforme define Leda Maria Martins (2011, p.279) em *A fina lâmina da palavra,* promovendo "redes discursivas" outras que trazem à tona histórias de exclusão, "hiatos, silêncios e lacunas dos discursos hegemônicos", inscrevendo outras memórias, "caligrafadas na e pela letra literária". Uma grafia negro-brasileira "laborada como memória do vivido e do devir". (MARTINS, 2011, p.282). Uma dicção pulsante que emerge dos textos de muitas escritoras negras.

Em *"E agora falamos nós": literatura feminina afro-brasileira,* Moema Parente Augel (1996, p.3) afirma que a literatura negra está à procura da autoidentidade e do resgate de suas tradições culturais africanas. Os textos evidenciam as mudanças na posição da mulher negra no âmbito da sociedade urbana brasileira. "É uma literatura comprometida, como um instrumento de transformação de uma realidade que nega o direito à especificidade, enquanto indivíduo e quanto coletivo". As mulheres negras brasileiras, ao escreverem, tematizam elas mesmas "a sua própria experiência, necessidades e desejos". (AUGEL, 1996, p.19).

Em *Bará*, a palavra escrita é empregada como "ferramenta estética de fruição" e, em particular, "de autoconhecimento" (GOMES, 2004, p.13). A palavra é agenciada em uma sintaxe negro-brasileira própria, geradora de uma nova compreensão do mundo mediada pela busca da ancestralidade africana ou afrobrasileira. A ancestralidade reivindicada pela voz narrativa como um território de corpos, circunscrevendo o lugar do saber e a retransmissão de um legado. Uma ancestralidade que simboliza um reencontro ou retorno à memória alojada no corpo, preservada e incontida, vindo à tona em seu momento-destino.

Em seu livro de ensaios, *Brasil autorrevelado: literatura brasileira contemporânea*, Miriam Alves (2010, p.67) reflete sobre a importância da palavra, da voz e da presença das mulheres negras na literatura. A autora considera que essa escrita evidencia "muitos aspectos da experiência e da vivência, partindo de outro olhar", marcado por um posicionamento político que imprime em sua tessitura "um corpo e um sentir mulher com características próprias"

Segundo Miriam Alves, a literatura negro-feminina contemporânea funciona como elemento "catalisador" que percorre caminhos paralelos à história oficial e chama a nossa atenção para narrativas não hegemônicas. Nessa escrita, as vozes procuram estabelecer uma sintonia com uma forma de linguagem, cuja frequência é constituída por sentimentos geradores de novas possibilidades de existência para as mulheres negras (ALVES, 2010, p. 44).

A escritora negro-feminina Miriam Alves busca as contribuições herdadas de seus ancestres literários, valorizando os referenciais culturais estigmatizados e tornados invisíveis pela tradição ocidental em seu processo de civilização genocida e coercitivo. No ato de narrar da obra *Bará na trilha do vento*, a autora costura na trama outra compreensão do mundo e da existência humana, engendrada por uma cosmovisão africana que atravessa os rituais e cânticos das religiões de matriz africana. Ela evidencia, assim, aos seus leitores, um pertencimento simbólico e imaterial que reverencia conhecimentos e saberes transmitidos através de uma oralidade ancestral.

O texto literário negro-feminino se transforma em um "registro ficcional ou poético" de uma grafia de sensibilidades e emoções, conectando no ato de sua criação estética "o resgate do passado e o registro do presente", evocado a partir das tradições culturais de matriz africana, constituindo-se em um espaço fundamental para o agenciamento de uma memória coletiva e para valorização dessa ancestralidade evocada (ALVES, 2010, p. 44).

Na trilha dos ventos de *Bará*, a memória coletiva é uma das forças que move os destinos das personagens. A memória guia os quadros de referência das famílias e dos grupos sociais presentes no romance, liderados por mulheres negras que assumem a missão de transmitir conhecimentos e saberes. Assim, as experiências individuais alicerçam as memórias coletivas que são compartilhadas entre os mais velhos e os adultos, entre os mais velhos e os mais jovens, entre as mulheres e as crianças, construindo laços afetivos sólidos, bem como redes de solidariedade, de pertencimento e de identificação.

No romance, a memória se define a partir do que Jacques Le Goff (1990, p. 366) observa, em *História e Memória*, como a responsável pela "conservação de informações" e conhecimentos particulares, relacionadas a determinadas práticas culturais, aos saberes e à transmissão de experiências: seja de forma oral ou por escrito, preservada e difundida. Acarreta uma expressão seletiva do passado que nunca é somente aquela da recordação individual, mas de um sujeito inserido em um contexto familiar, social, nacional.

Já em *Memória, esquecimento e silêncio,* Michael Pollak (1989, p.2) em seus estudos sobre a história oral, destaca os pontos relevantes em relação à memória refletidos nas histórias de *Bará na trilha do vento*. Ao destacar a importância "das memórias subterrâneas" como parte integrante das culturas minoritárias e dominadas, o autor diz que as memórias guardadas pelas vozes das mulheres negras opõem-se à memória oficial, nesse caso, "a memória nacional".

Longe de conduzir ao esquecimento ou à invisibilidade, é a resistência imposta pelas mulheres negras de Vila Esperança que rivaliza com os discursos oficiais. A resistência se configura através da presença de núcleos familiares e de laços afetivos que se constituem na trama; das cantigas ancestrais entoadas por elas; nos provérbios relembrados; na sabedoria dos chás e das ervas; nos rituais que praticam em momentos de celebração ou mesmo nas cerimônias de iniciação religiosa.

Essa reversão dos "discursos oficiais" também pode ser observada na relação que as mulheres negras estabelecem com a natureza e com a sua ancestralidade. Elas inscrevem a sua diferença na escolha das roupas que vestem, na relação com o trabalho, na dança, na música, no corpo e no cabelo. As "memórias subterrâneas" invadem toda a trama de *Bará* e organizam para as personagens outra forma de existência, produzindo sentidos novos sobre a vida e a morte.

A memória é essa "operação coletiva dos acontecimentos e das interpretações do passado que se quer salvaguardar" (POLLAK, 2004, p.7). É a referência ao passado que serve para manter a coesão dos grupos sociais: famílias, casas de axé, comunidades, pequenas vilas etc.

O romance conta a trajetória da menina-mulher Bárbara que possui dons especiais, sendo responsável na trama narrativa por movimentar a "ciranda ancestral" de sua família. Filha de dona Gertrudes e deu seu Mauro, neta de dona Patrocina e sobrinha de tio Sabino, *Bará* é aquela que tem "as chaves do mundo e, assim como a mãe, veio carregando uma sina".

Bará é considerada a "senhora do tempo e do vento". Ela tem acesso aos mistérios do cosmos. Ela integra uma matriz cultural e religiosa que lhe permite enxergar as coisas mais dos que outros ao seu redor.

É por meio da sua infância revisitada que os leitores acompanham o despertar da menina-mulher *Bará* para os caminhos do autoconhecimento, o conhecimento de si quanto à sua ancestralidade africana. Acompanhamos o corpo seguindo o seu Odu (caminho), preparando-se para os rituais de encantamento.

Um encantamento que potencializa um encontro do corpo com as raízes e suas memórias inconscientes ali armazenadas. É o encontro do corpo com o seu destino. Um corpo escolhido para desempenhar funções que não estão ligadas à realidade material. O corpo é o princípio da continuidade e confirma a possibilidade de permanência dos ancestrais na menina-borboleta. O corpo é tomado como principal referência de sentido para as mulheres negras.

De acordo com Eduardo Oliveira (2007, p. 101), em *Filosofia da ancestralidade: corpo e mito na filosofia da educação brasileira*: "A história dos ancestrais africanos permanece inscrita nos corpos dos afrodescendentes. É preciso ler o texto do corpo para vislumbrar nele a cosmovisão que dá sentido à história dos africanos e afrodescendentes espalhados no planeta".

A narrativa coloca a ancestralidade como linhagem identitária deixada por nossos antepassados, assumida como uma visão genealógica da comunidade. A ancestralidade africana se expressa nos corpos e nos destinos (principalmente) das mulheres negras da Vila Esperança. Corpos que falam e se comunicam na língua do sagrado.

Dona Patrocina é a "última guardiã" dos segredos da ancestralidade. Nela estão os "sagrados laços" que unem gerações e ordenam unções: "[.;.] ao abrir o baú, escancaram-se as linhas de pertencimento de todas e, em particular, a de Bará". "Segredo, sabedoria franqueada a poucos".

No romance *Bará*, os mais velhos e as mais velhas, os anciãos e as anciãs constituem o maior patrimônio para preservação da memória ancestral. Cabe a eles e elas contar outras versões da história, assumindo a responsabilidade de manter, zelar, proteger, curas ou mesmo atualizar a chamada tradição de grupo:

> "[...] velhinhos curvados pela responsabilidade dos anos e sabedoria, apoiados em bengalas, esculpidas com detalhes de folhas, bichos e pessoas que eu desconhecia, entraram porta adentro. [...;] Trazia nas mãos uma bacia de alumínio que brilhava como o sol, o recipiente continha água e algumas folhas que eu não conhecia".

Por fim, a ancestralidade se manifesta na morte, entendida não como aniquilamento ou fim, mas como continuidade no mundo dos antepassados que sempre estarão presentes através da noção de família e comunidade: "[...] a morte transita no mesmo fio de vida". É o momento em que o corpo se desprende do *Ayé* (terra) e vai para o *Orun* (céu). Dessa forma, influenciada pela cosmovisão africana:

> "Morrer é o significado maior da vida". Quando se morre, vai-se para um lugar especial. O lugar onde o passado, o presente e o futuro se encontram. A gente se encontra com a gente mesmo e com todos os outros que já se forma e nos esperam para celebrar o fim de uma jornada. Morrer não é triste. É preciso saber morrer".

O princípio da ancestralidade da vida e da morte possui um valor determinante para os moradores de Vila Esperança, porque o ancião e/ou anciã ao deixar a terra (*Ayé*) e ir para o mundo invisível (o *Orun*), transmite um legado espiritual, resguardado por quem fica. Desse modo, o(a) ancestral que que deixou uma contribuição significativa para a comunidade é lembrado(a), festejado(a) e respeitado(a) dentro das culturas de matrizes africanas.

Bará na trilha do vento acentua sensibilidades e chama atenção para o tempo de cada um. O romance ultrapassa a ideia de um tempo social e cronológico. A narrativa privilegia um tempo ancestral e mítico, sua circularidade corresponde a um retorno às origens. Em alguns momentos, a passagem do tempo e o seu ritmo confrontam a teleologia cronológica constitutiva da tradição ocidental. "[...] assenhorear-se do tempo, viajar em pensamento, do presente para o passado e o futuro, também em outras dimensões que não se localizavam nem no presente, nem no passado e nem no futuro".

No tempo mítico está a matriz de origem africana. É o tempo que sonha novos mundos para os moradores de Vila Esperança especialmente para a menina *Bará*. Na vida tradicional africana, o tempo consiste em uma composição de eventos que ocorreram, estão ocorrendo e ocorrerão. *Nas trilhas do vento*, a ordem dos fenômenos naturais, como o ritmo e a relação de intimidade com a natureza, por exemplo, pertence à categoria de tempo potencial ou inevitável.

Outro ponto significativo no romance diz respeito ao ritual. Nesse sentido, o ritual é frequentemente concebido como um recurso capaz de assegurar uma aliança com a ancestralidade africana. Através de sua materialização, sob a forma do encantamento, dos cânticos entoados por suas mais velhas, dos banhos de folha, Bará retorna às suas origens. A menina borboleta é o signo da continuidade da vida: "[...] a matriarca banhou Bará com as ervas medicinais, prévia e meticulosamente preparadas, envolveu a menina em toalhas brancas …"

Com isso, superamos, portanto, a nossa limitada natureza humana e o domínio das ações do corpo. No tempo mítico, os corpos-menina-mulher se conectam simbolicamente, Assim, os(as) leitores(as), pouco a pouco, acompanham as suas transformações: "[...] portas abrir-se-iam a Bará, ressignificando o mundo infantil da menina, fechar-se-iam outras portas sem controle, preparando-a para crescer".

A obra literária busca a sua escuta naqueles(as) leitores(as) que procuram interação entre o vivido e o aprendido, o vivido e o transmitido. O sopro do vento das memórias subterrâneas, inaudíveis ou marginalizadas, reivindicam o seu espaço nas vozes e trajetórias das três personagens femininas: Patrocina (avó), a mais velha, Gertrudes Benedita (mãe), Bárbara, Bará (menina-mulher).

O texto narrativo reúne as energias das mulheres de várias gerações que se entrecruzam. As personagens femininas compartilham dores, amores, desilusões, lágrimas, risos, esperanças e emoções. Unem-se as "linhas de pertencimento de todas as gerações", fazendo da menina *Bará* uma de suas herdeiras.

São contadas histórias de mulheres singulares que dividem segredos e partilham de mistérios e saberes milenares: uma "sabedoria franqueada a poucos", uma escolha feita pelos ancestrais. Mulheres que asseguram o compromisso da continuidade na arte de construir artefatos africanos, depositando em sua criação os valores étnicos, morais e religiosos herdados.

Nesse processo de conhecimento de si, Tio Sabino é também uma voz mediadora importante, uma vez que o ancião, transitando entre os dois mundos, faz a menina *Bará* conhecer episódios da história colonial e o modo como os seus ancestrais foram arrancados de suas terras e transportados pelo Atlântico Negro aqui para o Brasil: [...] tio Sabino disse que as caravelas tinham um porão escuro". Apesar de retomar essa história, *Bará* nos permite reescrever outras narrativas. "Podemos rever, mas não mudar". "Cabe a nós escrever novas páginas no presente para o futuro que estaremos".

Os(as) leitores(as) são convidados(as) a caminhar pelo "desconhecido dos olhos e abrir-se para além dos cinco sentidos". As histórias de *Bará* estão guardadas no "fundo do baú da nação", nos percursos distorcidos apresentados pela literatura canônica através de símbolos forjados, "com intuito de escamotear detalhes, cruéis, relativos à exploração" sofrida pela população negra, superada pelos antepassados do "aguerrido povo da Vila Esperança".

Bará na trilha do vento permite-nos uma conexão com as nossas raízes ancestrais através da literatura negro-feminina de Miriam Alves. A narrativa é a constatação de que a sabedoria do tempo imemorial nos pertence e nos guia desde a infância. Na gramática do texto, a partir das expressões retiradas de provérbios e cânticos rituais, os(as) leitores(as) observam que muitas histórias, orikis e memórias não se perderam nas águas salgadas e tristes do Atlântico Negro. A energia e a força de vodus, inquices e orixás, alojados nos corpos aprisionados de nossos antepassados, permitiram a sobrevivência de muitos saberes e conhecimentos.

A potência do narrado evoca uma herança ancestral e o encantamento sentido nos corpos das(os) filhas(os) de *Oyá* que exibem com muito orgulho os arquétipos (*arkhé)*, as características e os dons recebidos dessa orixá feminina: assenhorear-se do tempo, ser a senhora dos ventos e transitar entre os dois mundos, entre o visível e o invisível: o mundo dos vivos e dos mortos.

Em *Bará*, sendo as palavras portadoras de força e axé, palavras ritualizadas, palavras-oferendas, é dado aos orikis o poder de invocarem por si a força vital e louvarem a presença de nossas(os) ancestrais:

*"**(...) Obinrin Ogun. Obinrin Odé. Oyà A To Iwo Efòn Gbé. Obinrin Ogun, Ti Ná Ibon Rè Ní À Kun. Oyà ò, Oyà Tótó Hun! Héèpà Héè, Oya ò!**".

*"(...) Mulher guerreira. Mulher caçadora. Ela é grande o bastante para carregar o chifre do búfalo. A mulher guerreira que carrega sua arma de fogo. Oh, Oyá, à Oyá respeito e submissão" Eeepa He! Oh, Oyá!"

1
O DESPERTADOR PRETO

Choveu na manhã até início da tarde; o sol, depois, surgiu tímido, aquecendo a úmida aragem, extraindo das floreiras que ornamentavam a frisa do edifício o cheiro forte de terra molhada e das árvores frutíferas, plantadas à frente, perfume acre-doce. O vento, por sua vez, espalhava os odores misturados, aromatiza, imprimindo discreto encanto vesperal, de típica cidade do interior, àquele recanto da metrópole. A construção recente, em esquina de imponente avenida, refletia nas janelas envidraçadas a luminescência solar, colorida pela filtragem das nuvens espessas carregadas de águas, produzindo os efeitos de luz e cor utilizados em espetáculos de grande porte. A arquitetura moderna de vãos livres, pé direito alto, transpassada pelo vento, entre brechas e frestas, na estrutura de concreto e ferro, improvisava uma orquestra de sopro, compunha melodias, com inusitados arranjos, exibindo à plateia urbana desatenta a beleza visual e a inquietude dos acordes lacônicos em harmonia com longos sibilos.

Na varanda do amplo apartamento, sentada confortavelmente numa espreguiçadeira, ela, olhos fechados, ouvidos aguçados, atenta à melodia que do vento fluía, arrepiava-se de corpo inteiro, acariciada pela brisa, envolvia-se em sensações. As lufadas de ar, em rodopios ascendentes e descendentes, entre os espaços do edifício, brindavam-na com a performance de flautistas e trompetistas invisíveis que intensificaram acordes em tons graves e agudos, seguindo emoções intuitivas, como se preparasse a apoteose de um grande espetáculo. O vento, transmudado em vozes humanas, destacava um canto soprano-lírico aveludado, brilhante, sensual, jovial e apaixonante, solfejando em dó maior: Huuuuuuu, huuuuu, huuuuuu, em intervalos regulares, uma segunda voz em tom mais grave que a primeira ecoava em lá menor: Ouuuuuuuu, ouuuuu, ouuuuu, ouuuuuu. Segredos em diálogo, melodia doce, melancólica, nostálgica extraída de arranjos anotados previamente na partitura da eterna harmonia entre o céu e a terra, onde incitavam a reflexão, evocando recordações e saudades. Incansável, a natureza sussurrava a eterna cantilena profunda do tempo, estimulando nas pessoas mais sensíveis o despertar de sentimentos esquecidos.

Ela relaxava, esforçava-se para não pensar em nada, apesar de importantes decisões a tomar que mudariam o rumo de sua vida. No entanto era tomada pelos receios de errar na escolha, depois arcar com os esforços, às vezes infrutíferos, para aprumar-se novamente. *"Viver é ter que tomar decisões, desde a hora que acorda até a hora de dormir. E olhe lá, tem muitas decisões que parece que tomamos induzidas pelos sonhos e pesadelos. Maneira de poupar tempo e energia. O duro é se arrepender depois e perceber que o caminho de volta está trancado",* como dizia D. Trude nos tempos idos de infância, mas fazia sentido agora. Acometeu-se de intensa aflição, o insistente ulular da ventania transformou a sensação de carícia em estremecimentos descontrolados, como se ela fosse romper-se em pedaços que, possuídos de vida própria, se aventurariam por mundos desconhecidos. Deteve-se, para espantar temores, a observar a coreografia das folhas agitando-se nas copas das árvores, espetáculo rítmico de leveza e energia, em vais e vens do bailado-natureza, sincronizando as sonoridades. Ela energizou-se, numa simbiose com o verde em movimento, sentiu-se parte de um todo, capaz de cometer seu próprio rapto, exilar-se em outros mundos, outros tempos, longe do presente e das cobranças de soluções imediatas.

Debatia-se em driblar lembranças teimosas que se imiscuir no presente, tempo de vislumbrar o futuro através das fendas do passado, local de esquecimento, quando folhagens se desprenderam dos galhos e, flutuando, volteando sobre o próprio eixo, traçaram linhas invisíveis, alçaram espaços, executando graciosas acrobacias. Leve torpor a acometeu quando uma folha desgarrada encerrou o espetáculo em solo, pousando suavemente na confluência da sua entreperna, onde se desenha o triângulo isóscele. Rompeu-se a quarta parede, como num espetáculo teatral quando o espectador é convidado a participar da cena. Um lampejo de luz irradiou-lhe o olhar de mera contempladora; viu-se impelida a protagonizar. Observou nervuras, desenhos, textura acetinada e o brilho vivo emanado como a tocar música: música-da-folha-verde-de-pitanga, girou-a entre os dedos da mão: do indicador para o médio, do médio para o dedo anular, do anular para o dedo mínimo, depois em sentido inverso. Repetiu a ação inúmeras vezes, hipnotizada, a brincar silêncios e segredos com a umidade esverdeada. De repente fechou a mão, feriu e aprisionou o tecido vegetal que exalou aquele cheiro acre-doce, alusão aos futuros frutos vermelho-vivos que brotaram da árvore no tempo certo.

 O ar, ao adentrar abrupto nas fendas estreitas do poço do elevador fez vibrar objetos metálicos soltos, reverberou qual agogôs, como despertar sensibilidades adormecidas. Ela abriu a mão, aspirou o odor do sumo da folha, uma vertigem acometeu-lhe, teve a impressão de girar no eixo do próprio corpo, o medo a apossou. Desapareceram os contornos do corpo, um tilintar estridente, qual chamado, inicialmente distante, mais próximo e forte na medida em que a sensação de ser mais leve que o ar dominava. Flutuava em direção ao tilintar de campainha que soava alto. Os pés tocaram o chão, reconheceu cada canto, cada cheiro, fez menção de levar as mãos em concha aos ouvidos, para abafar o ruído, não concretizou a intenção. Espantada, percebeu que não trajava mais o robe confortável de seda azul, com estampas sutis de estrelas e nuvens brancas, sobre a camisola curta, azul claro, sensual, com sofisticado brilho e suave caimento, atada aos ombros por alças finas, delicadas e enfeitadas com detalhes de *strass* e pérolas. Embaixo da camisola os seios firmes, livres do sutiã, balançavam discretos e naturais, roçando docemente o tecido fluido escorregadio.

 O tilintar de um relógio despertador ecoava intermitente, com pausas breves. Através da névoa que se dissipava lentamente, ela entrevia detalhes do ambiente e caminhou às cegas pelos cômodos da casa. Pisando o assoalho de tábuas de peroba encerado, guiada pelo ruído, encaminhou-se em direção a uma porta robusta, de madeira pintada, fechada. Ao chegar à soleira, reteve um gritinho quando o despertador, dentro do cômodo, tornou a soar. Aproximou, com dificuldade, a mão até a maçaneta, não alcançando; a estrutura corporal tinha diminuído para a de uma criança de sete anos. Nas pontas dos pés, esforçou-se para girá-la e a porta, ressoando um clique, destrancou. Empurrou-a lentamente, espiou pela abertura, o coração batendo descompassado; vislumbrou a cama de casal dos seus pais, em madeira escura, a cabeceira sustentada por duas colunas em forma de lança. A colcha violácea bordada à mão, flores brancas, e os babados franjados, quase até o chão, tudo intacto, como se, num capricho inexplicável, o tempo tivesse perpetuado o cenário vivenciado na infância. *"Mas, como?".* Abismou-se, os anos se passaram, ela cresceu, tornou-se mulher, no entanto, encontrava-se na sua antiga casa, criança ainda, esmerado na goma do tecido e no capricho da amarradura da laçada, vestidinho sempre bem passado, as meias soquete brancas e sapatos pretos engraxados e lustrados, por obra e arte de Dona Trude.

Emoção mista apossou-se dela, a criança temerosa em ser flagrada a bisbilhotar, a adulta, presa no corpo criança impotente. Confusa, desejou voltar à segurança do confortável apartamento, respirar o ar morno e umedecido após a chuva. Mas, presa ao passado, vivenciava o pretérito do futuro, mergulhada, impulsionada por desejos e curiosidades infantis; apesar da presença da consciência adulta, perdera o comando das ações. Guiada pelo som do despertador, reconheceu de imediato o relógio preto sobre o criado-mudo, se encaminhou até ele e o apanhou. *"O despertador preto. Os números e ponteiros verdes brilham no escuro".* Balbuciou, assustando-se com o timbre acriançado da fala. *"O despertador preto".* Repetiu mais alto, tentando reconhecer, naquele tom infantil, a voz aveludada, com um quê rouco e sedutor, que possuía e da qual se orgulhava. Utilizava-se deste recurso natural, como os antigos flautistas hindus valiam-se do instrumento para neutralizar o instinto de ataque do ofício venenoso que, encantado, aquietava-se tornando-se aparentemente inofensivo.

A dupla consciência, desencadeada por desconhecido fenômeno, a mantinha no limiar de dois mundos. O infantil sobrepujar o adulto, reavivava o ingênuo e irresistível anseio de brincar, trocar as horas, confundir o tempo, para ouvir o tririm, tririm que desadormecia o sono, às vezes interrompia sonhos bons, outras vezes espantava pesadelos e sempre causava transtornos para a rotina dos adultos. Impacientava-se em aguardar a hora certa de ouvir o tririm, tririm que parecia demorar tanto. Aprendeu a movimentar os ponteiros observando a mãe libertar o tririm, tririm, preso à espera de alguém para soltá-lo. Absorta, impulsionada pelo desejo e curiosidade pueris, manuseava, incessantemente, o botãozinho de comando do pequeno mostrador que acionava o alarme. Sentada no chão, protegida pela cama de casal, concentrava-se no som: Tririm, tririm. Apesar da capacidade adulta de julgar e reprimir ações, ela se entregava ao prazer da traquinagem. Tririm, tririm soava, ela circulava o pequeno ponteiro sobre os números: Um, dois, três... E... Tririm, tririm, sorria na felicidade da descontração infantil. O pensamento voava solto... Tririm, tririm, por outros mundos só seus. Tririm...

"*Bará*", a voz de D. Trude a chamava. "*Bará! É você? Só pode ser você! Quantas vezes eu lhe falei para não brincar com isso?*", a voz materna a repreendia, vinda da sala, aproximava-se da porta entreaberta. "*Sim, sou eu mamãe, mas foi sem querer.*" Respondeu ao chamado, com voz aguda, melódica, trêmula, fina, timbre infantil. Assustou-se. "*Cadê a voz capaz de encantar os interlocutores e derrubar resistência para a assinatura de contratos, cadê?*, levantou-se vagarosamente, tremendo a reprimenda. "*Baráa, Baráa!*", D. Trude esforçava-se para entoar a ordem-chamado com severidade, mas divertia-se com a mania da filha de brincar com o velho relógio. Sempre a advertia: "*Não é brinquedo de criança!*". Entre caras e bocas, doce, meiga e convincente, cheia de arrependimento, soltava: "*Não faço mais, mamãe.*" Quando menos se esperava, estava Bará de novo traquinando. "*Bará!*", ela ouvia o toc toc dos passos batucando no assoalho de madeira, a mãe aproximando-se da porta, toc, toc... Bará, num rompante, levantou-se; nas mãos, o objeto que não era brinquedo. Sobressaia, por sobre a cama, denunciando a presença, o laço de fita branca como borboleta, pousada nas tranças, contrastando, com os cabelos pretos. Toc, toc, D. Trude entrando porta adentro, contendo a custo o sorriso terno que precedia, sempre, a gargalhada franca. Impunha-se, naquele instante, mostrar autoridade pela desobediência recorrente, A colcha lilás, as flores brancas bordadas, a fita-borboleta-branca, os negros cabelos da filha compunham quadro vivas de ingenuidade infantil.

"Venha cá, menina!", impostou o tom. Bará, com olhos pretos brilhantes, estampava a certeza da repreensão, da privação de fazer algo que lhe dava prazer. *"Venha cá, menina! Saia já daí! Estou aguardando!"*, deixou o refúgio que não escondia nada, contornou a cama, trincheira e escudo, apareceu inteira, sem escapatória, passos lentos miúdos arrastados, nas mãos a prova do delito. Os olhos, voltados para o chão, acompanhavam os contornos dos desenhos, os geometricamente definidos da junção das tábuas do assoalho e os aleatórios formados pelas riscas naturais da madeira. Parou, aliviada, a mãe não empunhava a chinela, concluiu que não apanharia, talvez recebesse só uma bronca. Muniu-se de coragem, a sua frente D. Trude parecia bem mais alta do que na verdade. No rosto, a suavidade os profusos cabelos pretos anelados, presos a uma tiara, soltos, alcançavam uns dois centímetros abaixo do ombro. Tranquilizou-se. *"Talvez não aconteça nada"*. Admirou a mãe vestida com o eterno robe verde-clarinho de malha, mangas largas e longas, enfeitadas no punho com uma espécie de pluma. Colocava-o ao levantar-se, tirava-o após findar algumas das tarefas rotineiras.

Lindas, deusas, sábias, guerreiras protetoras, defendendo seus domínios contra quem ousasse afrontar, merecedoras de reverências e oferendas por seus feitos, elas povoavam os devaneios de Bará, nos mundos mágicos que criava. Nas fantasias, D. Trude transformava-se, a partir das impressões retiradas das atividades cotidianas; a menina, com a cabeça nas nuvens, fabricava imagens que povoariam as histórias devaneadas. Prestes a levar uma descompostura pelo ato de desobediência e teimosia, admirava a mãe, com as plumas do punho do penhoar esvoaçando, uma semideia da floresta, com semblante a denotar contrariedade. O relógio tilintar outra vez, despertando-a; estremeceu, voltou ao mundo real, segurando o despertador com as duas mãos, sentindo-o vibrar. Esforçou-se para não o derrubar ao chão. O susto e temor dominaram o rosto da menina, boca aberta, o grito indeciso reteve-se na garganta.

A brabeza de D. Trude arrefeceu, soltou a gargalhada que retivera a custo. *"Venha cá, Bará, me dê isto"*. Chamou-a com enérgica ternura e, se recompondo, tomou o objeto das mãos da filha: *"Venha, sente-se aqui, filha"*. Sentou-se na cama. Bará obedeceu, o medo da punição desapareceu, se alojou ao lado dela. Pousou a cabeça em seu colo, aspirava o perfume de sabonete misturado às ervas-de-cheiro, do banho que D. Trude tomava logo ao acordar. Fechou os olhos, começaria a inventar mundos. Interrompeu-se. *"Por que, Bará?"*, a sonoridade da voz mansa e baixa camuflava contrariedade pela desobediência. *"Bará teria que aprender a respeitar as regras. Como seria mais tarde, quando adulta?"*, preocupava-se, *"Por que, filhinha, esta insistência em brincar com o despertador? A mamãe não entende, com tanto quintal, tantas árvores e os brinquedos que vovó lhe traz quando vem nos visitar, o que você vê de tão importante nisso?"*, perguntou, com sincero esforço em entender aquela teimosia.

Sentou-se na cama, cruzou as pernas em posição de iogue. Calada, sem esboçar reação, fixou o rosto da genitora. D. Trude, tremendo inibir a criança, aguardou pacientemente. Bará, devaneando em seus universos, só ouviu o final da frase. *"O que dizer?"*, A família a chamava de respondona, mas não sabia o que responder. Matutava calada, revivia a irritação e o constrangimento do jogo social de: *"Fala, cala"*. Quando se calava, insistiam: *"Fala! o bicho comeu sua língua?"*. Quando falava a primeira coisa que lhe ocorria na mente, riam de suas verdades mais sérias. *"Isto é lá coisa que se fale, Menina?"*. O hiato alongava-se, o pensamento debatia-se, misturando sensações, à procura de resposta convincente, a mãe aguardava explicações: *"Bará, minha filha, acorde! Estou esperando. O que há? Está pensando na morte da bezerra?"*.

D. Trude inquietava-se, as inúmeras tarefas, relacionadas ao lar e às crianças, para serem realizadas antes de encaminhar-se à quitanda. No pequeno comércio, dividia a jornada de trabalho com o marido que acordava de madrugada, ia ao mercado comprar frutas e legumes. Paciente, valorizou a importância de dar atenção à filha. *"Mamãe, eu gosto de mudar o espaço e inventar um novo começo e um novo fim"*, falou, finalmente, Bará. *"Mudar espaço?"*, retrucou a mãe, espantada diante da resposta inesperada. *"Sim,* é gostoso!" afirmou Bará, imbuída de simplicidade infantil. *"Abrir os olhos das horas. A senhora não disse que os números são as marcas que o tempo carrega? O tririm, tririm não é o aviso que está na hora de fazer as coisas?"*, a mãe se desmanchou em ternura com a lógica da filha. Deixou o relógio sobre a cama, enlaçou a menina, fazendo-a sentar-se em seu colo. Quis inteirar-se das histórias dela, tudo o mais ficou em segundo plano: *"É isto que você faz, então? Quando fica aí pelos cantos tocando esta campainha irritante?"*.

"Sim, é isto. E não é irritante não. Para ele tocar é preciso mudar os números onde tem um ponteiro só, que fica aqui em cima". Pegou o objeto. *"Este aqui, ó"*. Enxerida, bulia no mecanismo, feliz da vida, a mãe lhe prestava atenção. *"Calma, filha, isso eu sei! Não sei embromar o tempo, me explica"*. Apontando os números, continuou com ar de sabichona. *"É fácil. A senhora coloca um número aqui pra acordar o pai para ir ao mercado lá longe comprar a comida para vender aos outros. Não é? É o tempo dele. Depois a senhora coloca outro número para me acordar para ir para a escola. É o meu tempo. Depois a senhora coloca..."*, D. Trude interrompeu. *"Sim Bazinha, eu coloco o horário de cada um, mas ainda não entendi sua brincadeira"*. Bará sem se abalar, controlava a situação, prosseguia: *"Pêra, mãe, ainda não terminei. Se a senhora coloca o tempo de todo mundo... Pensei quem coloca o seu tempo?"*; D. Trude surpresa, dava corda: *"Ninguém, Bará, eu não preciso, eu acordo sozinha"*, vitoriosa nos argumentos, Bará concluiu: *"Pois é mãe, se a senhora acorda sozinha, sem o relógio do tempo. Então, a Senhora do Tempo é a senhora. Não é?"*.

"Donde esta criança aprendeu esta sabedoria?", D. Trude, olhos marejados, emoção mal disfarçada, nunca havia pensado nisto, sempre às voltas com as obrigações necessárias para viver com dignidade e garantir o sustento, o futuro da família. No entanto, Bárbara carinhosamente chamada de Bará, entendia que a mãe era muito mais, não só uma reles cumpridora de tarefas estafantes. Transformava-se em Senhora do Tempo, Dona do Tempo, despertava as pessoas para desempenharem na vida missão cotidiana importante. Curiosa para saber as invenções da filha, a instigou, as tarefas cotidianas perderam a urgência naquele momento. *"Tudo bem. Mas não entendi ainda"*. Gertrudes, nome completo de D. Trude, se interessava pelo desenrolar da história, quem sabe,

compreenderia melhor o ser que gerara. Bará, imprevisível e voluntariosa, assemelhava-se ao vento: quieta, cismava em silêncio, depois destrambelhava a proferir coisas desconcertantes. Outras vezes, um azougue, subindo e descendo árvores e escadas, cantarolando musiquetas inventadas, azucrinava os ouvidos. Em outras oportunidades, fechava-se em seu pequeno quarto, a ler livretos infantis, ilustrados com cores primárias berrantes.

"Não, filha, o meu nome Gertrudes Benedita quer dizer: A guerreira que usa a lança abençoada", proferiu Gertrudes, no intuito de esticar a conversa. A menina, pensativa, refletia no que ouvira. *"O nome das pessoas quer dizer alguma coisa? Como a senhora sabe disso?"*, divertia-se com a curiosidade dela, atentava aos detalhes: rostinho oval, olhos pretos, sobrancelhas bem delineadas, uma bonequinha talhada em cerâmica. Ao deter-se na fita branca engomada, em forma de laço, bem no centro da cabeça, incorporada ao figurino de Bará desde bebê, o coração de Trude inundou-se de tanto amor. Previu futuro melhor, de estudos e realizações.

"Olha, eu vou responder, mas depois você vai me explicar, tintim por tintim, esta história de brincar com o tempo. Você ainda não me disse nada que eu pudesse entender, quem sabe, aprender. Sim, o nome das pessoas tem alguma coisa a dizer. Tem pessoas que sabem, tem outras que nem imaginam. Eu sei, porque me interesso para saber das coisas. Quando eu era moça não gostava de ser chamada de Gertrudes. Achava um nome muito feio, quase um palavrão. Como, desde muito cedo, eu trabalhei na casa dos outros, como empregada doméstica, tive a oportunidade, na casa dos patrões, de ler livros muitos bons. Eu estudei até o segundo ano primário, minha leitura não era muito boa. Mas, eu fui lendo todos aqueles livros quando eu terminava meu trabalho e fui melhorando. Também, prestava muita atenção no pessoal da casa falando, eles eram letrados, doutores ou estudando em escolas boas. Eu sempre quis estudar, porém, na roça de onde vim no interior, as crianças não estudavam. As crianças trabalhavam muito novinhas para ajudar os pais. Não tinha tempo para as leituras. Mas eu sempre quis saber mais. Aprender".

"Espanando os livros na biblioteca do Dr. Renzo, naqueles momentos, eu escolhia um para ler mais tarde, lendo os nomes escritos nas capas. Bom, um belo dia me deparei com um bem grossão, estava escrito na capa Dicionário de Nomes Próprios, tinha lá também o nome de quem escreveu, não me lembro. A primeira coisa que li foi Gertrudes, depois Benedita. Gostei. Não brigava mais quando as pessoas me chamavam de Gertrudes ou Trude, tem ainda os que me chamam de Trudita, este eu não gosto muito. Mas daquele dia em diante passei a me sentir mesmo guerreira que usava a lança abençoada. Bom, filha, guerreira eu sempre me senti, por sair por aí vencendo as dificuldades que são muitas. Lança, aquela de espetar as pessoas, eu não uso, mas existem vários tipos de lança, como aprendi lendo. Bom, depois daquele dia, eu passei a procurar todos os nomes das pessoas que eu conhecia. Nem todos estavam lá no tal Dicionário, mas alguns são bem interessantes. Mas agora vamos lá, diga o que quero saber".

Um mar de informações e imagens inundou a cabeça de Bará. Havia adquirido naquela manhã várias chaves para abrir vários mundos. Empolgada, ficou em pé sobre a cama e começou a pular e bater palmas. Inquietou-se como o relato da mãe. Queria saber mais. Queria se aproveitar da atenção, gostaria de fazer perguntas, saber mais, principalmente o que significava o nome Bárbara e Bará, como todos de casa, vizinhos e parentes a chamavam. Mas, queria também contar a sua história, de como brincava com o tempo manuseando o despertador preto. *"Aquiete-se Bará!"* Ordenou a mãe. *"Vamos! Conte! Eu tenho que sair e ir para a quitanda"*, parou repentinamente, sentou-se, retardaria a mãe ao máximo, decidiu alongar bem história, abusaria da atenção da D. Trude.

SENHOREAR O TEMPO
2

"Mãe, é assim ó. Eu fico aqui pensando, se a senhora consegue despertar a todo na hora certa, eu também poderia despertar os outros e as coisas. As coisas dormem, não é? Ai, um dia em que a senhora estava lá fora no quintal, pondo a roupa no varal, não tinha ninguém, eu vi o relógio sobre o criado mudo, ao lado da cama. Peguei e fiz igual a senhora faz. Marquei um número aqui, onde só tem um ponteiro, fui virando aquele botãozinho, que fica atrás, não aconteceu nada. Então eu fui mexendo nos dois, e quando coloquei no número nove, os dois ponteiros, do pequeno e do grande, ouvi o tririm. Assustei e quase deixei cair. Fiquei com medo de quebrar, se a senhora ouvisse ia ralhar comigo. Mas logo no segundo tririm as coisas começaram a despertar", Gertrudes ouvia a avalanche de palavras da filha, estava diante de alguém com imaginação fértil e acreditava, realmente, poder despertar as coisas. "Como assim, Bará, quero ver se entendo. As coisas começaram a despertar? Filha, eu não desperto as coisas, eu desperto as pessoas da minha família".

"Eu sei, mas eu desperto as coisas. Ai, sabe mãe, senti um vento fininho que derrubou o retrato do Tio Sabino que estava na parede. O relógio ficou quieto, sabe quando ele cala para tocar de novo. Eu acho que de tanto tocar ele perde o ar e precisa parar um pouquinho para respirar. Então, peguei o retrato do chão, feliz por não ter quebrado. Queria colocar no lugar, mas não alcançava. Fiquei com medo de que a senhora chegasse e visse a bagunça. Aí, o tririm de novo. O Tio Sabino estava sério no retrato sentado numa cadeira alta. O chapéu quase cobrindo os olhos, as mãos velhas dele enrugadas e cheias de calos seguravam a bengala que tem aquela cabeça esquisita. Então ele sorriu, disse para não me preocupar, o tempo tinha despertado. E derrubou o retrato da parede".

Reeditavam-se os momentos pueris, a criança que fora resistira à vida adulta, se manifestava e se tornara hospedeira de mulher feita, com experiências acumuladas, vivas, vibrantes. Ela acreditava ter superado os sentimentos infantis, no entanto, abismada, ouvia as frases pronunciadas e assistia a menininha, que era ela, protagonizando o enredo de história esquecida. Sentiu-se enclausurada dentro de um espelho invisível, etérea sem o corpo mulher que a sustentava e espectadora intrusa sem o poder de anuir, contestar, interferir. Esforçava-se em reter a consciência real de ter crescido. No entanto, a varanda do nono andar do edifício, a seguridade adulta distanciavam-se mais e mais. Estava à mercê do tempo que, pelo visto, despertara mesmo, confundindo, misturando passado e presente.

"O Tio Sabino saiu do retrato e falou?", Gertrudes indagou intrigada, Bárbara inventava esquisitices para fugir do castigo. *"Sair não saiu. Mas foi como se tivesse saído. Eu vi andando curvado, apoiado naquela bengala esquisita, com cabeça de gente na ponta, onde ele segura. Foi ele que fez com o canivete de cortar fumo, não foi? Sabe, eu tinha medo daquela cabeça e do Tio Sabino. Quando ele se sentava na escada que vai para o fundo, onde fica a árvore que dá manga, e ficava picando fumo para fazer cigarros fedidos enrolados na palha de milho. Parei de ter medo, porque ele começou a trazer aqueles queijos de bolinha, durinhos que precisa cortar com a faca em pedacinhos bem pequenos, como a senhora faz, e quando põe na boca é salgadinho. Gosto de ficar chupando até derreter. Bom, eu tinha medo. Agora não tenho mais. Quando ele saiu da parede, eu me assustei. Falou que o tempo havia despertado. A voz dele sempre rouca e baixinha difícil de ouvir e entender estava suave. Eu entendi tudo. E perguntei a ele como aquilo tinha acontecido. Ele falou que foi eu. Nossa! Falei então eu sou igual a mamãe. Ele disse que não. Não entendi. Ele pegou na minha mão. Vamos dar um passeio? Você vai entender".*

As horas paralisaram, a conversa alongava-se... Ela falava e falava. Levantava-se da cama. Caminhava pelo quarto, gesticulando. Dramatiza as ações da história. Ao se referir a Sabino, curva-se igual a ele. Andava lenta e firme. Pisava forte como ele, o assoalho de madeira ressoava a cada passada, apesar da pequena estatura, fazendo crer que o velho estava ali, nela. Gertrudes se distraía e se divertia com a encenação da filha, as preocupações a abandonaram, naquele momento, só existiam mãe e filha. Trude conjecturar, talvez Bárbara se transformasse numa escritora, escreveria livros, faria sucesso, viajaria pelo mundo, seria o que, um dia, Gertrude sonhou para si, na ilusão de menina que também imaginava fábulas. Temeu a realidade. Mesmo assim, entregava-se ao luxo de adentrar no mundo de Bará, sonhos e fantasias, talvez, quem sabe, verdades.

"Ele pegou na minha mão, assim. Vamos dar um passeio?", Bará agarrou a mão da mãe, fazendo-a levantar-se, teatralizou a ação. *"Ele perguntou, mãe, não deu nem tempo de responder"*, Bará, ligeira, apanhou o relógio, equilibrando-o como a um entalhe por sobre a espada de madeira do irmão, representando a bengala do Tio Sabino. Gertrudes, no susto, seguiu a menina. Como na brincadeira: *"fazer tudo o que seu mestre mandar"*, se deixou levar. As duas em procissão foram lentas e firmes pelo curto corredor que levava ao quintal, elas pisando o chão de terra batida até a escada recortada no barranco, acesso à parte mais alta do terreno. Imitando Sabino, Bará sentou-se no terceiro degrau, Gertrudes, no primeiro, curiosa para descobrir, enfim, como o tempo despertava. O vento da manhã movimentava a rama das árvores frutíferas. As folhas da pitangueira que, nessa época do ano caíam e forravam os degraus da escada, saudando Gertrudes e Bará, transmudada em Sabino, um luminoso cenário digno de uma pintura.

Enraizadas formavam o pomar vida, plantadas por Maria Patrocina, avó de Bará, homenageando os netos nos aniversários até eles completarem sete anos. Ézio, o mais velho, era dono da jabuticabeira frondosa que, na época certa, dava frutos gostosos, além da goiabeira, mexeriqueira, bananeira, limoeiro e do caquizeiro, pequeno ainda, o último que ali fora colocado, mas prometendo frutas doces. Velma, a caçula, possuía a ameixeira, laranjeira-lima, pequenas, mas com vigor interno e, no cantinho perto do tanque, a parreira de uva branca que mais tarde, formaria um denso caramanchão.

Forneceria sombra que protegeria a mãe, ao lavar as roupas. *"Mãe, quando ela crescer e se espalhar vai proteger a senhora, quando eu crescer, também, eu vou proteger a senhora, como a planta"*, vivia dizendo, orgulhosa com a perspectiva futura. Bará era proprietária do pessegueiro, mangueira, figueira, romãzeira, pereira e a predileta pitangueira, fincada no alto do barranco onde se iniciava o vasto terreno, desde o dia em que ela nasceu. Para completar seus domínios, ela teria que escolher ainda uma espécie de árvore; indecisa entre tantas, adiava. Por fim, optou pela fruta-pão, por ser ao mesmo tempo fruta e pão, senão a avó escolheria qualquer uma, sem sua anuência.

"Então, mãe, com a mão na mão dele fui passear, assim como a senhora está passeando comigo aqui no quintal de casa. Mas eu fui mais longe, bem longe mesmo", Trude ouvia, sem interferir, a história se alongava, não chegava a nenhum ponto final. *Ele me levou a um lugar, bem longe. Longe mesmo. Eu nem sei como chegamos lá. As mulheres com vestidos que cobriam os pés, iguais ao do livro de história que papai me deu. Eu ainda não sei ler direito, mas gosto de ver as figuras. Dava para esconder um monte de crianças do tamanho do Ézio debaixo, porque eram bem rodados e armados. Comecei a rir. O tio Sabino deu uma bronca. Falou para eu não rir, porque estávamos em outro tempo, apesar delas não verem a gente, não era para eu rir. Ficou bravo, disse que ninguém tem o direito de rir das pessoas que se comportavam de maneira diferente"*.

"Que lugar era esse?", Gertrudes inquietava-se ao perceber que o objetivo do alongamento da narrativa era impedi-la de dirigir-se ao trabalho. *"Não sei, ele me disse que era antes bem do vovô, vovó e eles nascerem. Outro país. Quando nós chegamos, havia uma multidão, acenavam para os homens que entravam em navios grandes. Os homens usavam espadas, falavam engraçado com muitos 'esses'. O tio me disse que eles estavam partindo com as embarcações, para bem longe. Quis ir junto. O mar verde convidava. Um homem forte sem camisa, peludo da cabeça até a cintura, gritava feito doido. - Vamos, vamos está na hora, a maré não de esperar. - Soltei a mão do tio e corri até a tampa da tábua, misturando-me com os homens que carregavam coisas para dentro da caravela. O tio ficou uma fera! Mesmo com a bengala correu atrás, parecia ter asas, nem tocava o chão. Agarrou minha mão. - Não faça mais

isto! É perigoso, não se solte mais. Não se afaste de mim. - Fiquei brava com ele. Queria entrar no navio. Ir com eles. Conhecer por dentro do navio".

-Você vai conhecer um dia. Vai conhecer muitas coisas, boas e más. Agora você já sabe, mas para ir adiante tem que se precaver, - Tio, a maré não espera. O Homem cheio de pelos disse. - Mas vai nos esperar. Podemos voltar aqui a qualquer hora e quantas vezes desejarmos. Eles estarão sempre aqui fazendo as mesmas coisas, sempre. Agora você sabe despertar o tempo, mas tem que se preparar para não se perder num lugar que não é o seu. Bará, assenhorar-se do tempo é um segredo, poder ir e vir, é arte, é magia. Aprender é ter paciência para esperar os ensinamentos chegarem ao momento certo. Apesar de não sermos vistos por eles, não se pode correr por aí sem freios. existem certos perigos. Um deles é você nunca mais voltar para a sua mãe, desaparecer e nunca mais descobrir o caminho de volta. Estamos entendidos? Agora não solta a minha mão, você está descobrindo, tem que assenhorear-se das minúcias. Nas minúcias é que reside a chave das coisas. - Fiquei com medo, mãe, de não voltar mais para a senhora. Onde eu ficaria? Presa dentro do barco?

Tio Sabino disse que as naus tinham porão escuro. Tenho medo do escuro, a senhora sabe, por isto deixa aquela luzinha amarelinha acessa quando vou dormir. A luzinha é para eu não me perder no mundo dos sonhos, não é? Ele disse também que o avô dele viajou numa daquelas no porão escuro. Eu quis saber como foi a viagem, ele ficou triste e não me contou. Falou que eu precisava ficar mais forte, perder o medo do escuro e aí ele me contaria a história. Mãe, eu acho que ele não me contou para eu não me perder num lugar sem luzinha amarela. Não sei, eu acho. Eu estava tão curiosa, todos se agitando, as ondas do mar também. Os homens com sacos maiores que eles nas costas, subiam a rampa. voltavam sem o peso. Eles pegavam outros e subiam novamente, um vai e vem, uma gritaria dos infernos.

-Falta a carga principal - gritou o homem peludo. Subiu um cheiro forte de peixe salgado misturado com suor de gente, me deu vontade de vomitar, mas me segurei.

E o Sabino me segurou. Antes que eu pudesse ver o que os marinheiros traziam, ele apressou-se em me tirar dali.

-Outro dia. - Disse ele. - Outro dia, outra hora. Primeiro você tem que ter paciência, que é arte e magia. Depois, você precisa dominar o medo, o susto, a curiosidade desmedida. Aprender que os fatos escritos na página do tempo não se mudam, por mais que não gostemos deles. Podemos rever, mas não mudar. Cabe a nós somente escrever novas páginas no presente para o futuro em que estaremos. Passear no tempo é bom para entendermos melhor as coisas e escrever coisas belas para vivermos. Agora você sabe que pode ir e vir, e não só para o passado, mas também para o futuro. Só depois de assimilar isto largará a minha mão e seguirá suas vontades e não antes. Então, menina, comporte-se. Agora vamos embora, voltar para a família, mas saiba descobrir a chave para as viagens que fará. Ao dominar os mistérios dos doze números e dos três ponteiros, as combinações a levarão para outros lugares, longe, longe. Existem muitas coisas para ver e descobrir. Bará, assenhorar-se do tempo é um poder que nasce com a pessoa, assim como a cor dos olhos, a cor dos cabelos, e nos acompanha por toda vida. Na sua família, outras pessoas possuíam este poder, mas infelizmente, algumas delas esqueceram ou se negaram a entender por falta de paciência".

"Mãe, ele olhou bem no fundo dos meus olhos, entendi que não adiantaria terminar, segurei forte na mão dele que se apoiava na bengala, ele bateu três vezes forte a ponta no chão, e eu voltei. A senhora estava me chamando, brava como agora, mas naquele dia não ralhou comigo, e nem percebeu que o retrato do Tio Sabino estava meio torto, depois eu arrumei, sem que a senhora percebesse", Gertrudes naquele dia quando, ao entrar no quarto, surpreendera Bará, sonhadora, ausente, no mundo da lua, nem notou a sua presença. Quis ficar brava com ela, mas desistiu para não a assustar. Chamou *"Bará, Bará!"* várias vezes, quando lhe tocou os ombros, ela se voltou, Lembrou-se da preocupação que a assaltara. *"Será?",* mas afastou o pensamento, crianças às vezes se desligam, faz parte do crescimento, no entanto não se tranquilizou. Comprometeu-se em observar o com-

portamento da menina, motivo pelo qual, nesta manhã, dispensava-lhe toda atenção atrasando-se para os compromissos diários.

PORTA AFORA RUA ACIMA

3

Os sentimentos misturavam-se em Gertrudes. Alegrava-se, Bará possuía o dom. A poucos meses de completar sete anos, fora presenteada com a sina que acompanhava os Severianos, sobrenome materno, e os Loureiros de Assis, sobrenome paterno. Gertrudes conhecia a história de parentes distantes. Temeu pela filha, na certeza de que possuía o dom que guardava surpresas, felicidades e dissabores, não eram só infantilidades e imaginação fértil de criança. Indagou-se: *"Quais instruções devo dar?"*, ela mesma não soubera lidar com a sina. Sentada no primeiro degrau da escada de terra batida, observou a sua garotinha postada no terceiro degrau. A espada transmudada em bengala repousava ao seu lado direito e o relógio ao lado esquerdo, rostinho vivo banhado pela luz afeita aos iniciados, no olhar a claridade de quem vê para além de si mesma. Resguardou-se no silêncio. Um sabiá laranjeira, empoleirado no galho alto e fino da pitangueira, trinou qual presságio. Bará abria-se à trilha de ilimitadas possibilidades. A rosa dos ventos, qual estrelas sobrepostas, apontava inúmeras direções. Gertrudes criaria a menina para a felicidade, assim como aos outros dois filhos. Guardaria insônias, espantos, para respeitar os caminhos que eles trilhariam.

O sabiá, em voo rasante, pousou no degrau entre a espada-bengala e a pequena sonhadora, espreitando qual um protetor dos destinos. O trinim do despertador o fez alçar voo rumo à goiabeira onde fizera ninho. Os afazeres aguardavam Trude, enquanto ela se desmanchava em atenções e preocupações. Bará levantou-se em um salto só. *"Oh, mãe, tá vendo, que pena! O tempo despertou, é hora de a senhora ir pra quitanda"*. Findava-se o convívio materno matinal. Precisava render o marido no comércio de frutas, verduras e legumes. Ele acordara às cinco da manhã, necessitava de descanso, depois de dirigir, carregar e descarregar a Ximbica, caminhonete que mais quebrava do que andava, mas de grande serventia. A carroceria sempre abarrotada de caixotes de madeiras cheios de gêneros alimentícios trazidos do Mercado Municipal. Mauro e um ajudante abriam a porta de aço, acomodavam os víveres e depois Trude arrumava as bancas, com esmero, separando os gêneros. Lustrava os tomates, com pano limpo, para brilharem e atraírem os olhares dos fregueses. Sorriso os lábios, simpática, Trude transformava-se em vendedora, sufocando as aflições. *"Os fregueses não são obrigados a suportarem cara feia".* No meio do dia, voltava para casa, almoçava com os filhos e o marido que, por sua vez, assumia o lugar de vendedor.

Na Vila Esperança, bairro operário que havia começado com a imigração de espanhóis, a Quitanda da Vila, o único comércio de víveres, sempre bem sortido e asseado, localizava-se no entrecruzamento das ruas principais de acesso. Gertrudes e Mauro conquistaram freguesia e respeito, vencendo a desconfiança inicial dos moradores mais antigos que ainda carregavam o sotaque forte da terra natal. Dona Trude e Seu Mauro, os fornecedores da vida em forma de legumes, frutas e cereais. *"Nossa! Bará, estou muito atrasada"*, disse Trude, apressando-se para não se demorar ainda mais. *"Eu já falei para a senhora, mãe. Sei despertar e adormecer o tempo como o Tio Sabino falou. Agora fui eu quem despertou a senhora"*

Trude levantou-se, retirando dos cabelos e do penhoar as folhas caídas da pitangueira. Empertigou-se toda. *"Bará seria realmente Senhora do tempo? Isto era muito sério"*. Teria que orientá-la a caminhar na trilha do vento, para ensiná-la teria que reaprender. Reavivar o pacto quebrado no passado, quando viera morar na Vila Esperança. Pediria ajuda ao Tio Sabino e a sogra Mara Patrocina, eles a alertaram para essa possibilidade. Era cedo para alardes, a pirralha levantou-se serelepe, Sabino não estava mais nela, menina saudável, corpo e mente atuando nas brincadeiras de imaginar.

O relógio tocou outra vez. *"Mãe, o pai não está esperando a senhora? Ele precisa vir dormir".* Gertrudes percebeu surpresa ao olhar o velho despertador, britanicamente fiel, apesar do fuça-fuça constante da criança, que não transcorrera mais que meia hora, guardou-o, no lugar adequado no quarto. Trocou o traje doméstico pelo vestido de tecido grosso e resistente na cor caqui, godê com dois amplos e práticos bolsos, para guardar o dinheiro trocado em um e, no outro, as notas com valores maiores. O decote discreto exibia colo amplo e vistoso. Sapatos pretos de saltos grossos, não muito altos, substituíram as chinelas confortáveis. Nos seus trinta anos, D. Trude, bonita, vistosa, não se descuidava da aparência. Vaidosa, soltou os cabelos, escovou os cachos longos até a altura do ombro, terminou a toalete, passando batom framboesa nos lábios. Mirou-se no espelho, da porta do guarda-roupa, o sorriso iluminou-lhe o rosto, aprovou-se. Apressou-se, desceu os lances de escadas até a rua de terra que, há muito, aguardava o cumprimento da promessa antiga de asfalto.

A caminhada de alguns minutos desviando dos buracos e respirando poeira, até o trecho asfaltado da Rua Santa Rosa da Cruz, a levaria à Quitanda da Vila Esperança, não distante. Ia cumprimentando os conhecidos com saudações corriqueiras. *"Bom dia" Como vai? Dormiu bem? Seu filho melhorou da tosse? Dá chá de poejo e hortelã, é um santo remédio".* Chegaria para trocar o turno com Mauro e proporcionar-lhe o devido descanso. Enquanto Gertrudes sumia na curva do caminho, Danaide surgia, pelo lado oposto. Empoleirada numa cadeira, da janela do quarto, o observatório preferido e especial, Bará espiava e se entristecia com a partida da mãe. Porém, satisfazia-se com a chegada da mulher que morava na quadra abaixo, que na ausência materna cuidava dela e dos irmãos. Com metade do corpo para fora da janela, sentia o vento bater no rosto, dividia atenção e ao olhar entre a partida de uma e a chegada da outra.

A eterna fita que trazia presa nas tranças agitava-se nas bordas como asas de borboleta prestes a alçar voo. A sensação boa a invadia, ela sentia-se protegida, as lembranças exiladas destrancaram os registros de uma infância adormecida nas preocupações diárias do mundo dos adultos, reavivada agora em detalhes. Surpresa, no que ainda lhe restava de consciência mulher resguardada no corpo-criança, percebia não querer mais voltar à realidade do terraço do nono andar, mesmo se quisesse, não saberia como. Vivia memórias esquecidas. Revivia. Danaide, fiel escudeira de Trude, aproximava-se, trazendo no colo, desfrutando da mordomia de ser carregado, Tércio, caçula, e puxando pela mão a filha Suelma. As comadres ajudavam-se, a reciprocidade entre elas remontava à época em que trude e Mauro se mudaram para Vila Esperança. Conheceram-se nas ruas lamacentas do Beco do Futuro, como era denominado aquele loteamento da antiga Chácara dos Portugueses. O seu Manoel Gordo morrera e os doze filhos dividiram o torrão entre si; depois, cada qual fatiou os pedaços em vários outros menores, vendendo-os. Ao chegar ao portão, soltou a mão de Suelma, colocou Tércio no chão, os dois venceram com sofreguidão os sete degraus da escada. A enérgica pressa deles somou-se à ansiedade de Bará que descera da cadeira e fora-lhes ao encontro, no topo da escada. Rápido, eles sumiram, como pássaros livres, no terreno nos fundos da casa. A Algazarra no encontro prenunciava mais uma manhã de descobertas e brincadeiras.

Trude deixara algumas tarefas inconclusas que Danaide responsabiliza-se em finalizar, cumprindo mais uma etapa da sua extensa jornada diária. Havia acordado muito cedo, enquanto ainda dormiam Suelma, Tércio e Onofre, o marido, e se dirigiu às casas dos Jardins, onde pegava as roupas sujas que equilibrava na cabeça, numa trouxa grande, marchando de volta, entre os obstáculos, buracos e a poeira do bairro da Esperança. Retornando ao lar, colocava o fardo próximo ao tanque, para mais tarde lavar, passar e engomar. Servia café com leite, pão com manteiga para a família, arranjava a marmita de Onofre que se dirigiria para obra de capeamento das ruas. Arrumava o único quarto, varria a sala e o pequeno quintal. Suelma auxiliava, fiscalizando Tércio para ele não se machucar, correndo livre por todos os cantos, enquanto ela estendia as peças já lavadas. Tudo isso antes de dirigir-se à moradia da comadre, juntamente com a prole.

Os caminhos das duas se cruzaram quando Danaide avistou D. Trude, Mauro, Ézio com apenas três anos, acomodado entre os pais, Bará protegida no colo da mãe, todos aboletados na minúscula boleia da Ximbica. Ela, como sempre, equilibrando na cabeça a enorme trouxa de roupas lavadas, passadas, engomadas, dobradas com esmero e prontas para serem devolvidas, parecia uma formiga que carrega carga desproporcional ao seu tamanho. Esboçou sorriso terno, ao perceber a menina toda agasalhada em panos, o que denunciavam os cuidados maternos. Bará ostentava o laço de fita caprichosamente amarrado no alto da cabeça, prendendo, com maestria, a curta cabeleira preta. A fita, em proporcionalidade, assemelhava-se ao volume carregado por Danaide; no entanto, o laço parecia esvoaçar e, se esvoaçasse, poderia levar a menina ao céu, leve qual borboleta, ao passo que o embrulho pesava como para fixar a lavadeira à terra. Pregada ao chão, esquecera a urgência da entrega do serviço às patroas, observando a chegada dos novos moradores que comporiam o cenário do Beco do Futuro incrustado na Vila Esperança. Gargalhou, despertando a atenção dos passageiros da velha caminhonete que retribuíram com cordial sorriso.

A gentileza no cumprimento amenizou o peso que ela carregava. Iluminou-se. Notou a cor framboesa do batom nos lábios de Trude. Batom, Danaide só usara quando moça e às escondidas, *"coisa de mulher dama"*, afirmava o severo pai que sem muitos motivos, descia o braço, sem dó nem piedade, com a desculpa de educar. Na idade, era jovem ainda, mas a lida de anos a enrugar, de tanto alisar os lençóis, vestidos e camisas, transferiu as rugas para a sua face, outrora viçosa. O ferro de passar, aquecido com carvões em brasa retirados do fogão a lenha, lhe roubara o frescor. Agradecia e abençoava o instante, o dia em que seu mundo de horizontes estreitos cruzou com o da comadre, na curva do caminho. Limpando o fogão, notou que, naquela manhã, Trude, contrariando seu feitio, não tinha concluído algumas das tarefas, como se tivesse saído apressada para tirar o pai da forca. Não se conteve, gargalhou como sempre fazia, aliviando as emoções intensificadas no seu íntimo.

4
QUITANDA DA VILA ESPERANÇA

Na quitanda, Mauro, utilizando o pé de cabra com cuidado para não ferir os frutos, abria o caixote de tomates. Adquiriu a técnica com o passar dos anos, após muitas caixas abertas dia após dia. Sorriu ao ver a esposa, os olhares se cruzaram, faiscando paixão, cumplicidade e companheirismo. Entendiam-se num instante, sabia que podia contar com ela, sempre. Mais tarde, ao envelhecer, afirmaria com orgulho. *"Gertrudes, a única mulher que amei. E olha que foram muitas as que eu tive"*. A beijou suavemente, o gosto de framboesa dos lábios dela impregnou os dele. Embeveceu-se. Apreciava beijá-la em público e não deixar dúvidas, a ninguém, do afeto que lhe dedicava. Amor de luta e conquistas e mutuamente retribuído com ternura e atenções. O compartilhamento do trabalho árduo, de sol a sol, assim como de planos e realizações para eles e os filhos, os aproximava mais e mais. Economizavam, idealizavam comprar a casa vizinha, de traçado arquitetônico modesto, semelhante às outras seis enfileiradas lado a lado. Planejavam reformar a habitação, juntando as duas numa só, ampliando os espaços internos e externos, proporcionando mais conforto.

Ao notar nuvem de preocupação no olhar da esposa, inquietou-se; porém, na frente dos fregueses, não poderia indagá-la, confortá-la, aplicando as aflições. Aguardaria a noite na privacidade do lar, quando conversaram contando a féria do dia. Os fregueses madrugadores ali estavam sequiosos em adquirir os víveres fresquinhos. Carinhosamente apertou-lhe os ombros, como a lhe dizer: *"Estou com você para o que der e vier. Conte comigo"*. Retirou-se exausto, para a soneca merecida. Gertrudes ordenou ao ajudante pressa na abertura dos caixotes. A conversa com Bará não lhe saía da cabeça.

À noite, com Mauro, buscariam solução. E, no final de semana falariam com Maria Patrocina, a sogra costumava visitá-los duas vezes ao mês, visita agora aguardada com ansiedade. Distraiu os pensamentos, acomodando os legumes e frutas nas prateleiras, atendendo a freguesia, entabulando a conversa sobre os assuntos mais diversos.

As mulheres, com desculpa de comprar gêneros, transformaram Gertrudes em confidente e conselheira, compartilhavam dores, amores e clamores que abarrotavam as prateleiras de suas vivências. Uma feira de troca de sentimentos, aliviando as angústias, os fardos da vida corriqueira. Relatos povoados de filhos que sumiram na lida da vida sem rastro ou notícias; maridos falecidos que as deixaram à míngua; maridos embriagados, torrando em aguardente o suado pão de cada dia. Relacionamentos desfeitos e refeitos; abortos provocados de quem não queria mais filhos; filhos não concebidos para aquelas que os queria. Filhas engravidadas, noivados, casamentos, traições, desejos. Enfim, um universo de emoções. Doenças e curas, sonhos destruídos, sonhos reconstruídos, lágrimas e risos, decepções e expectativas, compartilhados entre frutas e legumes na Quitanda da Vila. D. Trude conhecia algumas das muitas trajetórias dos que vieram, em ocasiões e pretextos diferentes, morar na Vila Esperança. Comercializava víveres e participava ativamente, chorando junto, amparando, curando. Para aquela feira de sentimentos expostos, ela agia aconselhando, interferindo, receitando chás, ensinando simpatias, ajudando a solucionar as situações específicas de cada um. Envolvia-se tanto que, às vezes, preocupada, dormia sem descansar, agitava-se, sono povoado com as histórias e todas aquelas mulheres, com vidas parecidas com a dela.

Ao arranjar os gêneros nas bancas, ela separava previamente os imperfeitos para a comercialização e os distribuía, depois, entre as pessoas que não dispunham de recursos para adquiri-los. A quitandeira, sorriso nos lábios framboesa, motivada por impulso inexplicável, tornara-se a salvadora de corpos e mentes das cercanias da Vila. E sem se dar conta, cumpria a sina predestinada da família Severiano, sobrenome de sua ascendência, manifesta nos descendentes, repleta de fatos dos que se perderam em si mesmo sem encontrar a trilha do retorno. Na saga dos Loureiros de Assis, sobrenome acrescido ao seu, após o casamento, encontravam-se histórias análogas às dos Severianos. Muitos se perderam de si e da parentela, no entanto, outros persistiram em encontrar o rumo certo. Gertrudes, a guerreira da lança abençoada, se lançava em revoltas contra a sina, guerreando às vezes com ela mesma, para desvendar soluções, preservar e proteger suas crianças, para as quais almejava outra saída, em pensamento, buscando alternativas para os descendentes. Considerava injusto nascer com a escritura da vida preestabelecida, toda pronta, como num espetáculo, sem o direito de recusar o papel ou mudar as falas.

    Naquele dia, o alvoroço na Quitanda da Vila Esperança ganhou ingrediente especial. Chegava, há muito prometida e aguardada, a ampliação do percurso da linha de ônibus, vinda da outra margem do Córrego dos Perdões, para, seguindo o asfaltamento recente, findar em frente ao pequeno comércio. A inauguração, após a hora do almoço, atraiu curiosos que prenunciavam o progresso para a Esperança. Por conta da novidade, a aglomeração intensa de pessoas em frente do estabelecimento aumentou o movimento, beneficiando o faturamento. Trude desdobrava-se para atendê-los, dominando a vontade de postar-se à porta para apreciar melhor a agitação. Os fregueses abasteciam-se de frutas consumidas ali mesmo, um entra-e-sai, um burburinho de dia de quermesse, comentários de boca em boca. *"Nossa! Enfim chegou a linha de ônibus até este lado do córrego. Mas como demorou para atenderem nosso pedido"*, reclamava uma moradora, indignada. *"Pois é, ninguém se importa mesmo com nossas dificuldades e isolamento. Quero ver quanto tempo demorarão em encanar a água. Espero que pouco, eu sonho em ver meus filhos tomando banho de chuveiro e aposentar a velha bacia de alumínio"*, exaltava-se Raimundo Peixeiro, empunhando a peixeira, seu instrumento de trabalho, não como ameaça, mas como hábito. Compartilhavam opiniões, alguns dos inúmeros retirantes de um nordeste ressequido, que fincaram moradia em um pedaço de terra nos inúmeros recantos do bairro.

    Moradores felizes formavam outra roda de conversa, não poupavam elogios à iniciativa, contabilizavam a economia de tempo nas caminhadas que aquela empreitada significava. D. Trude, nos intervalos, poucos, acudia à porta para observar a excitação do povo, atenta aos comentários. *"Para a Quitanda da Vila vai ser ótimo, aposto no aumento da freguesia e do faturamento. Demorou, sim demorou, mas o importante é que veio"*, falou baixinho para o Sargento Azeitona, todo empertigado na farda impecável e botinas reluzentes, postado como sentinela a garantir a ordem na Esperança. Mal terminou a frase, deu meia volta com a intenção de se colocar atrás do balcão principal, quando irrompeu recinto adentro Dolores do Bizoca sorrindo como há dias não fazia. Cingiu Gertrudes num abraço volumoso, afetuoso e agradecido, surpreendendo a comerciante.

"Obrigado por ter ido ontem em casa me salvar. Olha Trude, Bizocão está uma seda", Dolores do Bizoca enfatizou a frase dando três volteios com as mãos na cintura que precedia os quadris fartos e arredondados. *"Fiz do jeitinho que você mandou. Peguei a garrafa de pinga dele, destapei. Despejei na terra três grandes goles. Não me esqueci das palavras, não. Dei sete passos, na rua a quebrei atirando no chão com toda a força, raiva e vontade de acabar com tudo. Ou vai ou racha, gritei. Rachou"*. Arrematou Dolores com largo sorriso solto. Espantada, Gertrudes ouvia, acompanhando, com o olhar, a expressão corporal dela. *"Eu não saí, Dolores"*, respondeu D. Trude, num tom indignado, completando: *"Ora, você sabe que não saio depois de certa hora da noite. Aliás, ninguém sai. A iluminação não chegou deste lado da Esperança, a escuridão domina, as luzes das residências mal iluminam dentro. E ademais, para chegar aonde você mora tem que se atravessar o matagal. Foi sonho seu. Você sonhou. Ou melhor, que me lembre, eu sonhei que havia ido, atender seu chamado desesperado. O Bizocão descontrolado chegou, quase despencando escada abaixo, ameaçando quebrar tudo…"*.

"Ah vá! Que é isto, Trude? Não precisa negar. Está com medo do Bizocão? Não precisa, ele estava tão bêbado que não lhe viu, nem sabe que você esteve lá", contra-arguiu a outra. Estava convencida que Gertrudes mantinha-se em atitude discreta para não a constranger. Fingindo concordar, disse: *"Tá bom! Não foi? Sei…"*. E logo em seguida emendou teimando: *"Mas, foi exatamente o que ocorreu sem tirar nem pôr. Não precisa negar Trude,*

você esteve lá. Lógico que esteve! Estranhei que não lhe vi sair, eu estava tão preocupada por demais em seguir à risca os seus conselhos. O homem não lhe viu, evidentemente porque se encontrava num estado deplorável, ameaçando quebrar tudo, até a minha cara. Parecia carregado pela própria sombra, não enxergava nada mesmo. Os meninos também não lhe viram, mas assustados com o descontrole do pai só viam seus próprios medos. Eu lhe vi e ouvi, segui à risca seus conselhos, deram certo, Isto é o que importa". E Dolores do Bizoca, mais conhecida como Dona Bizoca, encerrou a questão.

Trude silenciou, não adiantaria tentar elucidar que ela saía do corpo quando dormia e se debatia, aparecendo para as pessoas. Fenômeno sem controle ou explicações, o qual tentou, em vão, ao longo de sua vida controlar. Não adiantaria mesmo teimar com Dona Bizoca, pessoa boníssima, coração grande, mas uma língua ferina que não poupava ninguém de seus comentários cáusticos e divertidos. Teimar com ela significava ter que contar o fenômeno do sonho vívido para o qual ela buscava em vários lugares solução e cura. Considerava-se já livre disso, mas estava acontecendo de novo: dormia e não descansava. Naquela semana várias pessoas lhe agradeceram, afirmando que estivera em outros lugares, no entanto, encontrava-se no aconchego do lar com os seus. Dolores do Bizoca viera colocar uma apreensão a mais na sua jornada que não chegara nem à metade ainda. Uma certeza a dominou: além de cuidar de Bará não deveria descuidar-se dela mesma; fora avisada por D. Patrocina que aquela coisa, como Trude chamava, poderia voltar e com mais força. *"Sina é sina, minha filha"*, teria dito a vaticinar.

Roncos de motores, buzinação foram ouvidos do lado de fora, interrompendo a conversa. Os ônibus, novinhos em folha, com estardalhaço cruzaram a Rua Santa Rosa da Cruz, atravessaram o córrego dos Perdões, por sobre a ponte de concreto que tinha substituído a de madeira estreita e insegura. A pintura verde-amarela dos veículos reluzia. Seu Afad, morador antigo da ladeira dos turcos, associara-se ao Seu Bovo da ladeira dos italianos, também antigo morador, e criaram a VITURES, Viação Transportes Urbanos da Esperança. Os dois, solenes, à frente da caravana, sobre a carroceria do caminhão, soltavam rojões. Não economizaram nos Caramurus de cinco tiros que pipocaram com estardalhaço. Línguas de fogo lambiam o ar, fumaça da pólvora queimada ardia nos olhos dos curiosos. A romaria dos veículos marcava a pele preta da rua, virgem ainda daquele tipo de transporte. Festa na Esperança. Esperança nos moradores. Muitos se ausentaram dos serviços e afazeres para testemunharem o progresso adentrando o bairro. Rompendo o isolamento que o Córrego dos Perdões tinha determinado por muitos anos.

Nada transcorria sem que fosse comentado na quitanda, ponte de convergência das vidas, o particular e o público invadiam-se sem pudor e sem limites. Era o mirante dos acontecimentos, localizada estratégica e favoravelmente, onde entrecruzavam as ruas Santa Rosa da Cruz, Mártir da Independência, Caminho do Mouirim e a Santo Antão. O traçado da Santa Rosa da Cruz, porta principal de acesso à Esperança, interrompia-se em duas partes pelo córrego dos Perdões. Os habitantes, para dar a localização do lugar, diziam: *"À margem direita dos Perdões, à margem da esquerda dos Perdões"* A partir da ponte Coronel Pacífico do Atlântico Norte, que os moradores denominaram *"A Pinguela do Coronel"*, asfaltada de concreto, além de conectar a margem esquerda com a direita, estendeu-se o capeamento, com a promessa de engolir o barro e a poeira da Vila, trazendo, de lambuja a VITURES. Gertrudes juntou-se à aglomeração, adiando decisões e reflexões.

O verde amarelo da lataria dos ônibus, frota de cinco veículos, a fumaça, os fogos, as buzinas, os gritos de vivas, as risadas e gargalhadas sintonizaram a Esperança ao progresso, ligando as duas margens dos Perdões. Não houve discursos, os donos da VITURES não falavam muito bem o português e o político convidado não considerava a localidade rentável em votos. Bairro composto de imigrantes, de analfabetos, semianalfabetos e sem título de eleitor. A festa consistiu, além do foguetório, em entrar e sair dos ônibus, sentar-se nos assentos duros, mas confortáveis. Depois que as pessoas se dispersaram, as conversas animadas transcorreram até a hora de fechar e persistiram semanas afora. Atrás do balcão, Gertrudes se preparava para retornar ao lar; contou as notas na gaveta, anotou os valores no caderno ao lado. Àquela altura, Mauro acordara e reparava os defeitos, possíveis de conserto da Ximbica.

"*Que foguetório*" *Eles gastaram tubos de dinheiro, mas também quem pode... pode, não é mesmo? Você viu a pança do Seu Afad? Nem parece que há pouco tempo andava por aqui vendendo quinquilharia. Este pessoal tem um jeito de fazer o dinheiro render, queria eu saber a mágica. Será que ele me ensina? Não deve ser coisa de ensinar não".* Bizoca, excitada com a novidade, agitava-se em gestos e palavras, começando a azucrinar a paciência da atarantada Gertrudes. *"Bom, deixando isto para lá, espero você na minha casa, qualquer dia deste. Quero agradecer direito. Vou fazer o doce que você gosta",* encerrou com os três volteios e a gargalhada livre jocosa. A comerciante interrompeu o que fazia, levantou o olhar, mirou a interlocutora, preparando-se para protestar, mas desistiu. Deixou pra lá, não valia a pena dar trela, além do mais, não queria se atrasar. Sorriu, disfarçando o torvelinho que a assolava. Dolores do Bizoca com seu jeito despachado, às vezes, se tornava inconveniente.

O REINO DOS PÁSSAROS

Bará, Suelma, Tércio correram ao Reino dos Pássaros, como chamavam o quintal, onde encenavam histórias variadas no afã das brincadeiras. Os pomares-vidas de Ézio, Bará e Velma forneciam o cenário e amplo palco. Ézio encontrava-se próximo à jabuticabeira. Espada de madeira na mão direita, olhar de quem vê ao longe, a vigiar os seus domínios, defendendo o seu reino. Coroa na cabeça, conseguida com a composição do gorro vermelho de linha, presente de Patrocina, adornado com várias folhas que foram extraídas das árvores que lhe pertenciam desde o nascimento e a cada aniversário. *"Quem vem lá?"*, gritou, impostando uma voz gutural. Não obteve resposta, os outros estavam mais interessados em observar o beija-flor de cauda tesoura, absorto em sugar a florescência da pitangueira. Movimentou a espada, a fim de chamar a atenção, estocando inimigo imaginário. *"Quem vem lá? Eu é quem mando aqui! Da escada para cima ninguém entra sem eu deixar"*, somando o tom da ameaça ao barítono forçado da voz. Deslocou-se em direção aos três, espada em riste pronta para entrar no jogo da esgrima.

Conhecedora da brincadeira de dono dos domínios, Bará armou-se de um galho forquilha de três pontas, fez careta de brava. *"Você manda aí, eu mando aqui"*. Avançaram um contra o outro. *"Eu mando aqui, ali e ali e aí. Você não manda"*, gritava Ézio, para impor respeito. *"Não. Não. Eu mando aqui, você manda aí"*, respondia a irmã em contralto, sonoro, mas firme. Espada feita das ripas dos caixotes de tomate da quitanda, galho forquilha trilho da pitangueira atritavam-se no ar. Truc, troc ressoava. Eles disputavam domínios. Brincadeira infantil teatralizava mandos. Quem manda aqui? Quem manda aí? Quem manda lá? Suelma torcia para que Bará ganhasse, o quintal naquele dia seria delas. Elas mandariam nas brincadeiras, pegariam as jabuticabas maiores e os meninos não poderiam reclamar. Tércio torcia para Ézio, os meninos ganham das meninas, a concepção da vida que lhe ensinava Onofre, seu pai. Mas se um ou outro ganhasse, ele não mandaria em nada, pequeno não tinha voz ativa. Isto era o que pensavam os grandes, mas quando ele chorava alto, como um quero-quero descontrolado, atraía a atenção dos adultos, principalmente de Danaide, que corria para socorrê-lo.

Enquanto os quatro distraíam-se no folguedo bélico, cada qual executando o seu papel, Velma rodeava Danaide crivando-a de perguntas: *"O que você tá fazendo? Por que você tá rindo? Por que seus olhos estão cheio d'água?"* Antes de responder ao primeiro por que, já outros a atingiam; estar na casa da comadre significava, para ela, pausa para pensar na sua vida e os porquês da afilhada não lhe eram bem-vindos, interrompiam-na. *"Princesinha, vá brincar com os outros. Estão pegando jabuticabas para o café da tarde"* A caçula dos quitandeiros era meiga e sensível, mas às vezes voluntariosa. Transformava esta doçura em ordens, todos se curvaram aos seus desejos. Não queria sair dali, gostava de ficar à da madrinha que a tratava com todos os mimos.

Investida de importância, portando a ordem da dindinha, Velma dirigiu-se ao Reino dos Pássaros, incumbida de missão especial a ela confiada, de ordenar a colheita de jabuticabas para fazer o bolo. No exato momento em que apontava no topo da escada, culminava a batalha de disputa dos mandos. Bará desfechou, em gesto rápido, um golpe certeiro com a forquilha de pitangueira que se enganchou na espada de ripas na altura que Ézio segurava; a espada voou da mão dele, caindo ao chão. *"Ganhei! Ganhei. Gaanhei"*. Gritou pulando, erguendo e sacudindo a arma-galho. *"Ganhei. Hoje sou eu quem manda aqui. Mando aí. Mando lá. Mando acolá"*. Velma gostava quando a irmã ganhava, mas não fazia diferença qual fosse o vencedor, ela sempre teria privilégios. *"Vamos colher jabuticabas"*, disse a vencedora dando a cada um, até ao pequeno Tércio, cuias de casca de coco. *"Quero bem cheias, até a boca, depois tragam aqui!"*. Com pose de rainha-guerreira, segurando a arma-galho, como cetro, sentou-se aos pés da pitangueira, se encostou ao tronco e, exercendo seu poder, completou: *"Não comam nenhuma, hein!"*, entregou a cuia para Velma. *"Vá você também!"* Incorporando a encenação infantil, sentou-se: *"Eu não porque sou princesa. Vou me sentar ao lado da rainha. Princesa manda também"*. Apontando para o recipiente vazio: *"Danaide mandou encher a cuia para fazer bolo"*. A menção à feitura do bolo fez com que, sem discutir, fossem colher as jabuticabas, visando ao lanche mais tarde, quentinho, doce e cheiroso. Suelma e Ézio, sem alternativa, se submeteram aos caprichos das duas.

Sentadas sobre as folhas secas, Bará e Velma encenava, a pompa da corte das folgadas vigiam seus súditos desempenhando a função de apanhadores de frutas. Tércio não colhia nada, as maduras, docinhas e grandes, escondiam-se nos galhos mais altos, porém os mais velhos enchiam a sua cuia, evitando o choro, quero-quero descontrolado, que traria a mãe dele para o Reino dos Pássaros, findando a brincadeira mais cedo, com Suelma e Ézio aprontando-se para a escola. Os domínios do reino de Bará extrapolaram o mundo visível, havia mais crianças ao redor das árvores, seus companheiros de folguedos, quando estava só no quintal. Traziam de lugares distantes, algumas espécies de aves, nem todas conhecidas, eles não podiam ser vistos por demais pessoas. Ela, um dia, contou esse fato para a mãe. A progenitora ouviu preocupada, comprometendo-se a entender os significados e decifrar o mistério, tomar a melhor atitude com relação a imaginação fértil da filha. Vez em quando, perguntava sobre os seres do Reino dos Pássaros, como Bará nomeara o quintal desde o primeiro dia em que eles apareceram.

Suelma, Ézio e Tércio colhiam as frutas, Bará e Velma sentadas em ciranda confraternizavam-se com os amigos dos outros domínios, que imitavam o canto das aves que, atraídas, chegavam em revoadas. As plumagens, nos mais diversos coloridos, aquarela de beleza vista contornados por penugens brancas e pretas, trinou, parecendo comandar. Bem-te-vi, os pássaros arribaram. Bem-te-vi, Bará despertou, levantou-se bateu três vezes o cetro no chão: *"Bem-te-vi"*, imitou o trinar, entoou alto. Suelma, Ézio e Tércio, ao pé da jabuticabeira, escolhiam as mais pretinhas para o bolo do café da tarde, devorando as bolinhas menores. *"Bem-te-vi"*, gritou a garota, sem a ajuda da mana que ordenava. *"As grandonas aqui na minha cuia. Eu levo para Danaide. Ela me mandou"*. Incansável, ainda impostando uma realeza comandou: *"Bem-te-vi. Vi vocês comendo. Não é para comer Eu é que ia separar. Porque eu que mando aqui, ganhei do Ézio"*. Eles entregaram as cabaças. *"Anda logo, separa rápido. Precisamos comer agora. Daqui a pouco mamãe chega e não vai deixar a gente comer este tantão antes do almoço"*, disse Ézio. *"Tá bom, mas eu ainda sou a rainha"*. Sentou-se, colocou o galho em forquilha no chão, ao lado da espada de ripa, separou as bagas, colocou na cuia de Velma. Devoraram as jabuticabas menores.

"Crianças, o que estão fazendo? Venham! Trude está para chegar. Quero todos aqui agora! Vamos, lavem-se. Quero mãos e caras limpas. Vamos esperá-la para almoçar". Mauro, no primeiro degrau da escada, ordenava em alto e bom tom. Desceram correndo, as cascas de jabuticabas jaziam ao chão. Velma correu para a cozinha, segurava o recipiente cheio, entrou gritando: *"Dindinha olha já pode fazer o bolo"*. No rosto a expressão de dever cumprido. Aguardaria o café da tarde. *"Toma dinda, Eu que peguei. Pode fazer o bolo. O pedaço maior é meu"*. Reivindicava comer a primeira e maior fatia, saboreando o seu grande feito. Erguia a vasilha em direção a madrinha, com a chegada dos outros se iniciou discussão sobre a autoria da façanha, eles exigiam o privilégio do primeiro e maior pedaço. Entregue a preparar a mesa para o almoço, Danaide esquecera a promessa feita com o intuito de conquistar instantes de privacidade. Despertou dos devaneios com o bando de maritacas ruidosas, puxando as mãos da afilhada. *"Fui eu. É meu. Dá aqui. Dá aqui"*. Querendo valer no berro a posse, não só do tesouro que a menina segurava, mas do feito, visando a premiação, Velma não largava a cuia e na disputa o vasilhame quase foi ao chão, espalhando as frutas pela cozinha.

Virou-se, na mão a colher de pau, com a qual mexera a polenta, e que poderia se transformar em instrumento disciplinador dos fedelhos, ou em batuta para impor a harmonia ao desatino deles. Ela optou pela batuta, ergueu-a apontando para o alto, baixou apontando a caçula, a gurizada, agarrada ao objeto da alteração, se calou. Olhares ansiosos, pregados na autoridade, aguardavam o veredicto. *"Todos colheram"*, repetiu enfatizando a palavra *"Todos!"*. Ergueu novamente o utensílio, com o resíduo do angu mexido aderido nele. *"Todos!"*. Repetia como um tambor de marcar ritmo, com a mão livre recebeu a cuia cheinha. Com as duas mãos. sem soltar a colher, seguidas por eles, levou-a para a mesa de madeira, do lado de fora, da cozinha. *"Mais tarde comeremos o bolo, resultado do trabalho de todos"*. Retornou ao preparo final do almoço cantando canção ouvida na infância. Vinda de bisavó para mãe. De Mãe para filha. De filha para neta. De neta para bisneta. *"Catarina moça mexe seu angu. Mexe bem mexido Catarina pra não sair cru. Catarina moça mexe o seu mingau. Mexe bem mexido Catarina pra não sair mal, Catarina. Pra não sair mal, Catarina"*.

OUVIDOS ATRÁS DA PORTA

A família almoçava, saboreando a refeição iniciada na manhã por Trude e terminada por Danaide, mas principalmente desfrutavam do convívio, conversavam amenidades. Depois, Mauro tendo que voltar para o trabalho na quitanda, as crianças o acompanharam até o portão e ele, antes de entrar na caminhonete, entregou a cada uma delas uma moeda de cinquenta centavos, recomendando que poupassem nos cofrinhos, presenteados por ele. *"Quero ver quem consegue economizar mais até o Natal!"*. Debruçados no muro, Bará, Ézio, Velma, Suelma e Tércio aguardavam atentos o momento em que ele colocava a chave na ignição para ouvirem o pumpum Ximbica. O velho caminhão engasgava, roncar, rateava, demorava a pegar, depois, lá vinha um pumpum ruidoso seguido de mais dois: puumpuum, puumpuum. Rindo, elas acenavam para ele que desaparecia na curva, engolido por nuvens de poeira.

  As amigas na cozinha trocavam confidências, lavando a louça, areando as panelas. Uma varria o chão, enquanto Trude, contava o tumulto da chegada do ônibus. Não economizava detalhes, arremedava uma ou outra pessoa, artista, imitando a voz, jeito, trejeito e expressões faciais. Ela caprichou ao plagiar os volteios de Dona Bizoca que, sendo alta e gorda, impunha leveza e ligeireza aos movimentos ao girar num eixo imaginário. Danaide ria como se tivesse a tudo presenciado. *"É o progresso, comadre. O progresso"*. Feliz, ela vislumbrava a economia, em tempo e energia, nas manhãs de trouxa na cabeça, levando e trazendo as encomendas nos bairros nobres. O corpo franzino moldado na infância pela comida pouca, trabalho de sobra, sinalizava não aguentar mais tão estafantes jornadas. Dores acumuladas pelo esfria da água no tanque e o esquenta do ferro de passar, pesado e em brasa, mais o manivelar no sarilho, no enrolar e desenrolar da corda com balde preso a uma das pontas, o que exigia, além de prática e destreza, força, quase descomunal, nos punhos.

O balde buscava água no fundo do poço, subia transbordando, nas cheias, água fresquinha, gelada do útero da terra. Nas secas, chegava pela metade, quase vazio, água avermelhada barrenta, parecia que a entranha da terra menstruava, preocupando os moradores do Beco do Futuro, o líquido escasso e barrento não poderia ser usado para lavar as roupas, diminuindo o rendimento e a comida na mesa. O progresso na Esperança! Com os ônibus, Danaide perderia menos tempo nas entregas, poderia arranjar mais freguesia, nas épocas de cheias, economizando uns trocados, escondido de Onofre, para o período de dificuldades. Pensou em usar, com esperteza, o transporte, aliviando a carga do trabalho herdado, de antes da avó até este tempo, destino certo de sua menina se não casasse com homem trabalhador, honesto, respeitador, com bom salário. Religiosa e devota, pedia todas as noites em oração à Virgem para Suelma assim se manter, até o homem certo chegar. A filha, com os peitinhos apontando sob a blusa, poderia despertar a cobiça de algum desabusado. Orava e redobrava a vigilância, com a ajuda de Trude.

Suelma e Ézio na escola, Velma e Tércio distraídos no quintal, Bará lendo suas revistinhas e treinando caligrafia no seu quartinho, reservados em seus mundos. É o que pensavam as comadres, absortas na conversa descontraída, fazendo da cozinha palco das peripécias da Esperança. Enganavam-se, a garota exercia o hábito de escutar atrás das portas, observando tudo pela fresta, e absorvendo, sem que a notassem, os fatos reais expostos pela progenitora. Dependendo do rumo da prosa, ela segurava, com dificuldade, o riso, o choro ou a gargalhada; evitando qualquer ruído que a denunciasse, via, ouvia, informava-se dos assuntos que não eram para crianças. Quando ela, os irmãos e os primos de estimação estavam próximos, os mais velhos cochichavam ou cifravam as frases para serem ininteligíveis, o que aguçava mais a curiosidade infantil. Sempre que podia, improvisava um observatório particular, espiava às escondidas, considerava os assuntos dos adultos mais interessantes. Espreitava, sentada coladinha ao lado da porta, pelo lado oposto, segurando revista, caderno e lápis, precavendo-se. No caso de ser flagrada, simularia estar distraída lendo ou escrevendo. Rabiscando como dizia Danaide.

"*Comadre, você está preocupada? É a conversa da Bizoca? Ela disse que viu você na casa dela, não é? Mas, você não saiu! Patrocina não disse que não aconteceria mais?*". Querendo ver melhor o rosto da mãe, rindo, contando os causos toda feliz, esticou-se com cuidado para descobrir algum sinal da preocupação. Transpareceu uma expressão grave no semblante de Gertrudes ao confidenciar: "*É Bará*". Face anuviada, sentou-se, como se o cansaço a consumisse de repente. Apoiou o rosto nas mãos, fixou um ponto qualquer na toalha florida que encobria as rachaduras da mesa de madeira grossa. "*É Bará, acho que vai começar. Ela fará sete anos daqui a três meses. Acho que já começou*". Espichou um pouco mais ainda, interessada, afinal o assunto era ela, quase cometeu um descuido fatal, derrubando o lápis que segurava. "*É Bará*", reafirmava e detalhou, sem encenar os acontecimentos da manhã vivenciados com a filha. Apoiando a cabeça entre as mãos, olhava aquele rosto do qual o ferro de passar roupa roubava a vitalidade dia após dia, confortando-se; sempre encontrava palavras de consolo. Buscava alívio, como o balde, lançado ao fundo do poço, a procura de água fresca.

"*Porque a mãe ficou triste?*", percebera a repentina melancolia na genitora. Se fosse adulta, entraria na cozinha e faria a pergunta direto para Gertrudes: "*Porque a senhora tá triste?*". Desagradava-lhe a tristeza dela, sempre tão alegre e disposta, preferiria que falassem, de novo, do homem bom que Suelma encontraria para marido, do enxoval caprichado que Danaide bordaria, da ajuda financeira sempre prometida por Trude. Mas não, ao invés disto falavam dela. Misteriosamente, Gertrudes guardara o sorriso atrás de um rosto preocupado, numa pausa alongada, silenciara, aguçando, ainda mais, a curiosidade infantil.

"Lembra-se, quando nos conhecemos?", Gertrudes recomeçou a falar, rememorando. *"Você com aquela trouxa de roupas na cabeça. Olhei para você e tive a certeza de que seríamos amigas. Estava me instalando aqui em Esperança, considerada um fim de mundo: Poeira quando não chovia. Barro, lama, no período da chuva, dificuldade em caminhar por um bairro mal-cuidado. Tudo longe. Muito longe. Para chegar ao ponto de ônibus mais próximo percorria-se o Caminho do Mouirim por quase meia hora, perigos para quem não sabia desviar e eu não sabia. O Mauro e eu ainda não tínhamos a quitanda. Mas acreditávamos em dias melhores. A carroceria da Ximbica, além dos badulaques, carregava os nossos sonhos e investimentos. Lembra-se?".* Danaide se lembrava, não entendia por que ela recordava tudo isso agora e não explicava logo o motivo da sua preocupação. Bará, no camarote improvisado, atenta à conversa, com a curiosidade gritando dentro dela, se deliciava ao tomar contato com a trajetória dos pais. Inebriar-se com os detalhes registrados nas entradas do tempo. *"As histórias estão lá aguardando. Estarão sempre lá aguardando aqueles que têm fome. Fome de saber. Saber as verdades que se encobrem. Ou que são acobertadas".* Como repetia incansavelmente o Tio Sabino.

Talvez pelo inusitado do dia, com a abertura da Esperança ao progresso, nas rodas da linha dos ônibus, prometendo novos tempos de prosperidade, esperançando o futuro, ela rememorava o começo difícil, debruçando-se sobre fatos superados pela força de vontade em vencer as adversidades. Danaide ouvia, cedendo espaço à necessidade dela em reviver aquela situação, inúmeras vezes relatada. *"Então, comadre, ter lhe conhecido salvou Bará. Bárbara minha menina, pequena ainda. Adoeceu. Lembra? Dias com febre sem motivo. Você trouxe chás diversos. E a febre não cedia por nada. Banho frio. E nada. Lembra? Depois de sete dias de agonia, o desespero tomou conta de nós duas. Olhava para a minha menininha e via ela definhando. Então, não sabendo mais o que fazer, me sentei naquela cadeira de palha que a Patrocina presenteou a mim e ao Mauro quando nos transferimos para cá. Chorei. Pedi. Desesperancei. Então aconteceu".*

"Pela porta principal da sala, uma luz intensa se fez presente e adentraram vários anciãos. Eu estava acordada, mas era como se fosse um sonho: velhinhos curvados pela responsa-

bilidade dos anos e sabedoria, apoiados em bengalas, esculpidas com detalhes de folhas, bichos e pessoas que eu desconhecia, entraram. Um deles apontou para um dos quatro cantos da sala e por lá surgiu uma anciã um pouco mais nova que os demais. Trazia nas mãos uma bacia de alumínios que brilhava como o sol, o recipiente continha água e algumas folhas que eu não conhecia. Só pude reconhecer as folhas de mangueira e pitanga; então, a Senhora Anciã veio até a cadeira e, sem pronunciar palavra, ordenou para eu olhar no fundo da bacia, as folhas movimentavam-se desenhando formas. Eu já lhe contei isso, não é? Porém, comadre, toda vez que lembro, como se fosse hoje, me emociono".

    Levantou-se, foi até o fogão, serviu-se de café na caneca de ágata, encheu outra e serviu a amiga. Sorviam a bebida quente aos golinhos, em silêncio. Danaide, reconfortada com o líquido forte, quase sem açúcar, para revigorar os ânimos e dar forças ao corpo, Gertrudes em pé ao lado dela, com uma das mãos ocupava-se em levar a boca o café quente, a outra no ombro da comadre. Pensativa, vislumbrava, internamente, o percurso de sua vida até aquele instante. Sentia-se vitoriosa, Bárbara sobrevivera. Agora o que aconteceria? *"Então, quando eu era bem pequenininha eu quase morri! O que é morrer? Mamãe estava triste de novo?"*. Rezingava a menina, de si para si, cuidadosa para que não a descobrissem bisbilhotando a conversa, ansiando pela continuidade: *"Mamãe não vai terminar logo de tomar este café e continuar? Quero saber o que é morrer. Eu morri? Depois desmorri?"*. Os fatos da quitanda eram mais engraçados, ao contar a mãe ria alto, sem pudor, exibindo os dentes alvos e bem tratados e Danaide ria também e fazia menção de cobrir a boca, a querer estancar o riso que ecoava solto sem travas. O silêncio inquietava Bará. Resmungava baixinho. Após sorver o último golinho da caneca e, com os olhos ainda marejados, Gertrudes continuou a narrativa.

    "Aquela bacia continha todo o destino de Bará, os caminhos estavam abertos. E eram tantos os caminhos! Mas, dependia dela, de você e de mim, comadre. No entanto ela parecia desistir. Lembra? O olhar vazio, vidrado pela febre, aquele corpinho de um ano e meio ardia. Parecia desistir. Quando eu me aproximava, a ouvia dizer:- Eu vou mamãe. Tchau mamãe. - Delírio febril, talvez. Os anciãos haviam me mostrado isto nas águas e folhas: Minha filha

doente, e eu correndo por estas ruas lamacentas em desespero com ela nos braços, gritando: - Danaide ela está morrendo, socorro. Acredito que as águas daquela bacia eram as lágrimas que chorei por me ver imponente para aplacar o sofrimento de minha menina. Então, eles, os anciãos, fizeram um círculo ao meu redor, todos apoiados naqueles cajados decorados com desenhos de rostos humanos, animais, árvores, cobras, borboletas. Apontaram simultaneamente em minha direção, e a anciã que segurava a bacia à minha frente, disse:

-Tire a roupa da menina. Enrole-a numa toalha branca, limpa e nunca usada. Pegue a imagem de São Benedito, coloque atrás da porta de entrada da sala. Ajoelhe-se com a criança no colo. Erga-a por sobre a cabeça e a ofereça ao Santo. Diga as seguintes palavras: Meu São Bendito Padroeiro. Ofereço minha filha Bárbara para o seu batismo divino. Fortaleça-a para que possa cumprir o seu destino. O destino de todos nós e o dela. - Peça do fundo de seu coração. Depois a coloque numa bacia com água fria e estas folhas que está vendo. Enxugue-a. Vista-a com a roupa de batismo que você guardou e a coloque na cama, ponha uma chave sob o colchão. Mas trate de batizá-la o quanto antes. Após batizar, passe a chamá-la Bará, aquela que tem as chaves dos mundos, - Depois, comadre, um a um eles foram se retirando, a luz sumia vagarosamente até o último sair porta afora -, foi a anciã segurando e rodopiando a bacia com água e as folhas que ficaram maceradas e ressequidas. Ah, comadre! Graças a São Benedito, Bará está forte e esperta, correndo e aprontando pela casa, mas começaram a acontecer coisas como esta manhã. Patrocina disse que aos sete anos os caminhos dela se definirão. Eu me preocupo. Quais caminhos serão estes? Eu e Bará temos a sina, mas terei que aguardar com paciência a chegada da Patrocina e do Sabino, eles saberão como devo me comportar".

"E os anciãos, comadre, nunca mais apareceram?" Perguntou, com firme propósito de ajudá-la a sair da aflição. *"Será que eles não poderiam lhe ajudar novamente? Talvez eles tenham as respostas".* Gertrudes procurava, dentro de si, a solução, porém foram interrompidas por ruído de alguma coisa caindo atrás da porta. Bará, emocionada com o que ouvira às escondidas, descobriu que possuía as chaves dos mundos, levantou-se de supetão. A revistinha, desculpa e escudo caso fosse flagrada espionando, caiu de suas mãos e, ao abaixar-se para pegá-la e correr para o quintal, derrubou o molho de

chaves pendurado na fechadura da porta, e que estrondou ao cair. Ágil, sumiu escada acima, quintal acima. As comadres nada viram. As chaves no chão? Culparam o vento.

7
DAQUITÉ E O JAVALI

"O bolo é de todos, não é, Danaide? Não é, mãe?", perguntava Velma de olho no pedaço maior. *"Tá muito quente. Não pode pegar"*, ordenava ao Ézio. *"Não é, dinda? Não é, mãe?"*, procurava respaldo na autoridade das mulheres. Vigiava o quitute quentinho e cheiroso como a madrinha havia prometido. O sossego das mulheres findara. As crianças tinham voltado da escola. Os menores, asseados, aguardavam o lanche da tarde. Escurecia. Danaide e os filhos tomariam o lanche e retornariam para o lar. Onofre não demoraria a chegar faminto para jantar. gostava de encontrar todos esperando-o, apreciava a amizade com os quitandeiros, sua esposa sempre levava frutas, verduras, legumes, ofertados pelos compadres, um reforço na alimentação. Onofre, trabalhador e orgulhoso, aceitava, de bom grado, o oferecimento dos amigos; afinal eles estavam progredindo, havia fartura na mesa deles, era justo que repartissem um pouco.

"Mãee, ele está mexendo. Não é para mexer, Ézio. Mãe não quer. Dinda não gosta". Velma, ranheta, implicava com o irmão que fingia cortar a guloseima com a faca, só para aborrecê-la. Após a ordem de Gertrudes, corroborada por Danaide, as crianças sossegaram. Eles ingeriam o café ralinho com leite, a iguaria cortada em pedaços iguais, fora servida; porém Velma, incansável, questionava a fatia guardada para Mauro. *"Papai não colheu as jabuticabas. O bolo não é para quem pegou as frutas?"*. As senhoras se entreolharam. Riram à solta. *"Esta menina não tem jeito mesmo"*, exclamou a mãe, fazendo um carinho na cabeça da garota que sorvia a bebida e abocanhar o alimento. Sem que os outros percebessem, a fatia dela era a maior, por iniciativa da madrinha que a protegia sempre. Por sua vez, as mulheres se serviram, sob o olhar questionador da caçula.

"*Vocês não pegaram as frutas*", falou contrariada. "*Fizemos o bolo*", respondeu Danaide. "*A comadre ainda teve o trabalho de lavar e amassar as jabuticabas*", disse Gertrudes.

Após a frase enérgica obteve o silêncio necessário para começar a contar histórias inventadas, com detalhes da realidade. Ela estava muito estranha naquele dia. Contadora de caso que era; não quis frustrá-los. Mastigou vagarosamente, engoliu o alimento com prazer, sorveu o último gole de café e iniciou: "*Era uma vez numa terra distante, noutros tempos, que não se sabe qual, existia um povo que vivia numa cidade com matas, terra, rios, animais e muitos pássaros. Plantavam para comer. Os guerreiros caçavam. Os mais velhos guardavam as histórias do lugar. As mulheres plantavam e eram guerreiras. Todos faziam seus trabalhos…*" Velma, inquieta, com a boca cheia da guloseima, interrompeu: "*E as crianças?*", perguntou. "*Cala a boca! Senão vou pegar a minha espada*", gritou Ézio, ameaçador, olhando sobre a mesa a faca que cortou o bolo. "*Eu quero ouvir. Mamãe nem começou*", interferiu Bará, levantando-se da cadeira. Tércio ensaiou o característico choro quero-quero que soltava quando era contrariado. "*Calem-se pirralhos!*", ordenou Suelma, valendo-se do poder de ser a mais velha e estar ficando mocinha. "*Calem-se todos!*". A palavra final de Danaide colocou ordem na confusão. Agraciada pelo silêncio e a atenção, Trude continuou:

"*As crianças brincavam soltas. Mas também eram educadas pelos mais velhos que lhes contavam as façanhas do povo. Todos os adultos se responsabilizavam por cuidar delas. Bom, continuando, sem interrupções, senão eu paro. Viviam assim em harmonia. Em tempos de plantas, plantavam. Em tempos de colher, colhiam. Porém, uma vez, no tempo de colheita, apareceram gafanhotos gigantes e devoraram os frutos, a plantação. Os habitantes temiam pela fome; se os insetos comessem tudo, como seria? Como ficaria o lugar? Os guerreiros, armados de lanças, atacaram os insetos. Mas, ao invés de desaparecerem, multiplicaram-se, mais fortes e famintos. O sábio que conhecia os segredos de manipular a natureza tentou tudo, invocou os antepassados, macerou folhas, ofereceu presentes ao sol, à lua, às águas e à terra. Nada. Tudo fora em vão. Alvoroço se formou no lugar. Agouravam os desesperados que a população morreria de fome, à míngua. Acenderam uma fogueira de noite e pediram para a natureza poupá-los* de tal destino. Nem a deusa água, nem a deusa do fogo, nem a deusa floresta, nem a deusa terra os atenderam. Parecia que nenhuma das forças os socorreriam.

Os sábios, os velhos, estranhamento mantinham-se calmos, aguardando, enquanto o desespero tomava conta do lugar. Um dia, Daquité, guerreira bonita e forte, foi caçar bem longe, não podia deixar seu povo morrer de fome. Via a todos preocupados, mas além de reclamarem e brigarem uns com os outros, pela quantidade que cada qual comia, não faziam mais nada. Só lastimar, brigar e comparar. Daquité viu um javali grande e gordo. Estranhou o tamanho, nunca vira nenhum daquele porte pelas redondezas. Hábil, encurralou o animal entre as pedras altas sem saída. Daquité cresceu duas vezes de tamanho. Corria na direção do animal, lança afiada, pronta para atravessar-lhe a cabeça bem entre os olhos. Não havia escapatória. Daquité aproximava-se veloz e decidida. O javali arruou. Transformou-se no deus da caça e da fartura. Daquité sabia que alguns animais eram deuses disfarçados. Não se assustou. - Quisouolonbobebe. Diliquitete - saudando-o, não língua deles: Quer dizer: Por que veio? O que traz?", Gertrudes falava e encenava. Os pequenos atentos fantasiavam. O drama de Daquité e o Javali se desenrolava ali, na cozinha, nas canecas vazias sobre a mesa, nas migalhas do alimento ingerido, nos pratos e sobre a toalha. Não mais ruídos. Não mais disputas. Quietos, dando asas à imaginação, criavam, idealizam o cenário e a heroína.

"Daquité, atenta. Curvou a cabeça, os encantados exigem respeito. O javali trazia uma mensagem porque sabia que o povo passaria privações. fome, os gafanhotos devorariam tudo. Devorariam até a árvore sagrada e seria o fim do povoado. Preocupada, Daquité aguardava a solução. Então, o javali disse que a resposta viria dos velhos sábios. Apontou para a esquerda e apareceram frutas grandes, provavelmente doces e suculentas. - Vá. Leve aos anciãos, desculpe-se pelo seu povo, Daquité. Coloque-os num balaio grande juntamente com aquelas flores. Vá. - Falou e sumiu. Daquité ouviu um trotar subindo aos céus. Apanhou um balaio grande, acomodou as frutas, decorou-as com as flores. A lua enfeitava a noite quando regressou, curvada com o peso do grande balaio que, a cada passo, pesava mais e mais. À morada dos anciãos, depositou o cesto no chão. Bateu com as mãos três vezes. - Oferenda do javali, disse. Os velhos, apesar da idade, saíram lépidos. O povo, com receio de não sobrar nada, investiu contra o samburá como *gafanhotos. Atropelavam-se, gritavam, para apanharem a maior porção. Os velhos levantaram os cajados e, da noite enluarada, relâmpagos cruzaram o céu. Um raio cor de prata riscou um círculo em torno do povoado. As pessoas se quedaram paralisadas, Daquité apanhou os comestíveis, dividiu por igual, reservando uma parte para os anciãos. Apontou a lança para o céu. - Quem são os gafanhotos? Cada um tem sua importância. Todos se alimentam do trabalho de todos."*

Encerrou a narrativa, uma das mãos erguida apontada para o céu hipotético, na outra a bandeja com fatias da iguaria separadas para Mauro e Onofre. Gertrudes observou os rostos sonhadores da molecada. Agora silenciosa, Bará imaginava-se como Daquité, guerreira e sábia. Velma entendeu que não era para brigar por comida. Ézio não gostou porque o guerreiro era uma mulher, então se imaginou como um gafanhoto gigante, botando medo em todo mundo. Suelma gostou, mas não se identificou com ninguém. Danaide achava interessante como a amiga contava história que caía direitinho dentro das pessoas, mas tinha que ir embora, encaminhou-se para o portão comentando o comportamento dos pimpolhos com Gertrudes que a acompanhava, A nuvem de poeira na curva do caminho anunciava a chegada de Mauro dirigindo a inseparável Ximbica; o aguardaram. *"Oi, compadre. Dia duro, não? O trabalho dignifica o homem"*, disse Danaide à guisa de cumprimento. Mauro aproximou-se da esposa, repetiu-se o ritual beijo-framboesa, sob as vistas de Danaide que sentiu uma pontada de inveja. Onofre sempre tão cansado, cheirando a fumaça, piche e a cachacinha, ingerida para rebater a fumaça da goela, exigindo, exigindo, reclamando, reclamando, não a tratava assim. *"A comadre que era sortuda, o compadre sempre cheio de rapapés. Homem bonito, cheiroso!".*

A CASA DE GEORGINA

Subiram os degraus de mãos dadas. Mesmo depois do casamento e dos filhos, se davam ao luxo de carinhos adolescentes. Os filhos aguardavam ansiosos. Ele ainda reunia energia para brincar, respeitando a característica de cada um: cavalinho com a Velma, lutar boxe com Ézio e ler revistinhas para Bará, A garotada se envolvia em todas as brincadeiras, mas, dependendo do tipo, um deles naquele instante recebia atenção especial, para, depois irem dormir. *"Hora dos adultos"*, dizia a mãe. Bará deitava-se na cama, esperava eles darem o beijinho de boa noite e cobri-la, assim como aos irmãos. Fingia dormir e, quando percebia o silêncio, saía sorrateira do seu cantinho para espiar os pais. Eles, à mesa da sala, contavam a féria do dia, separavam as notas maiores das menores, as moedas maiores e menores em montinhos. Depois de contarem o dinheiro, anotavam no caderno o montante da diária, destinando verba para as necessidades e para os sonhos. Planejavam comprar a casa da Georgina, faltava pouco. Bará via diariamente Mauro e Gertrudes separarem montanhas de dinheiro, não sabia o valor, mas era bastante aos seus olhos infantis, achava que eram ricos e se considerava rica também

Os lotes eram extensos, as casas separadas por quintais amplos que mantinham as construções em uma distância respeitável. *"Pobre Georgina!"*, lastimam. Desidério, o marido, adquiriu o terreno antes deles, trabalhava na ferroviária, retornava ao lar uma vez por mês. Quando Georgina não estava grávida, deixava-a com mais um na barriga, sete no total. *"Machos como o pai"*, costumava dizer, tomando pinga no bar do Rico, na subida da Rua do Beco do Futuro. *"Toda vez que venho, pimpa. Pego Georgina de jeito e faço mais um"*. Expunha suas intimidades à plateia de homens sequiosos pelos detalhes. Afinal ele ausentava-se por um mês, quem sabe, desejavam alguns uma oportunidade para colocar um par de chifres no fanfarrão do Desidério, todo pimpão de virilidade e dos descendentes homens, sinal, para ele, de macheza extrema. Não se satisfazia só com a Georgina. *"Satisfazer, satisfazer mesmo não. Georgina é para me dar filhos machos. Nisso ela é boa. Mulher para trepar gostoso tem aos montes por aí. Venho uma vez por mês, o resto é vida liberada".* Georgina, casada, mas só, a esperar o dia do mês em que o marido lhe faria mais um rebento. Honesta, apesar dos desejos queimarem-lhe as entranhas, nunca o traiu. Nunca sentiu prazer com o marido, ele chegava, agarrava-a e sem ao menos tirar as calças, colocava o bilau pra fora, abria-lhe as pernas como se abre uma estrada e a penetrava como se colocam pinos em trilhos de trem. Martelando, martelando. Depois, bufava, caía de lado e gritava: *"Fiz mais um, sou macho".*

Após a sétima gravidez de Georgina, Desidério, de tanto se achar viril, transmitiu-lhe doença venérea que lhe comeu o útero e apagou o fogo dele. Quando chegava o dia do mês, a enchia de pancada, culpando-a pela tragédia. Um mês ele não veio, o outro também não. Chegou notícia do acidente, o trem o tinha atropelado, os amigos de copo falavam em suicídio, o cavalo de ferro apitara, ele não saiu da frente. A pensão do governo chegava todos os meses dentro de um envelope azul. Dinheiro que os filhos machos, juntamente com a mãe, depois de brigarem e se estapearem pelos trocados, bebiam em cachaça. Georgina ficava com a sobra da sobra, acabou adoecendo, caiu de cama, negligenciada, mas acolhida pelos bichos peçonhentos, bernes e vermes. Ninguém para cuidar ou trazer os goles de esquecimentos, de que tanto precisava. Trude a socorreu, levando comida que ela se recusava a engolir, banhava-a, limpava a cama e lavava os lençóis. Definhou, um dia foi buscar o descanso e a felicidade em outro lugar, que não o vale de lágrimas, como dizia.

Os herdeiros guerreavam pelo envelope azul, dinheiro vitalício e insuficiente para a grande sede de cachaça dos sete. Resolveram vender a casa, a mãe nem havia esfriado no cemitério. Ofereceram para os vizinhos que fizeram a proposta de compra, com prazo hábil para juntarem a quantia necessária. Dividindo, somando, conseguiram o montante para adquiri-la, embora a Ximbica precisasse de reparos, ou de ser trocada por uma caminhonete nova, mas não era a prioridade do casal. As crianças crescendo necessitavam de um quarto para cada, não os dois cubículos adaptados pela divisão da sala para oferecer espaço para Ézio e Bará. Velma, por ser caçula, dormia no quarto dos pais, comprometendo a privacidade da vida conjugal; Mauro reclamava da falta da intimidade mais solta com Trude. Fogosos, os dois faziam amor debaixo dos cobertores, controlavam os gemidos mais arrojados para não acordarem a menina dormindo na cama de solteiro, ao lado da do casal. Fechariam negócio e logo que desse, demoliriam a velha habitação que caía aos pedaços sem a manutenção necessária; uniriam os quintais, derrubando a cerca. Construiriam uma casa grande, espaçosa e arejada. Mauro retirou da gaveta do móvel o projeto, abriu-o sobre a mesa, com cuidado para não derrubar os maços de notas separadas com elásticos.

    Debruçados sobre a planta-projeto-vida, reviram o traçado, Quatro quartos, duas salas, varanda, cozinha, banheiros amplos. Espaço, muito espaço. Fariam uma escada segura para o quintal cercariam e ampliariam o pomar das crianças. Acrescentariam a horta de subsistência, hábito derivado da infância vivida na cidade do interior de Minas Gerais, onde nascera Mauro, somados ao costume igual de Trude que vivera até a adolescência em cidade interiorana de São Paulo. Aprimoraram também o canteiro de ervas medicinais e temperos, importantes para a sobrevivência daqueles que moravam em cidade grande, porém longe dos recursos necessários para a manutenção da saúde e da vida. Quando os ânimos ameaçavam arrefecer, alguém sempre dizia em tom de pilhéria, mas prenhe na sabedoria popular: *"Vamos gente! Aqui é a Esperança. E ela, dizem, é a última que morre. Vamos, empurra aí que o carro sai".* Vila Esperança progredia, mas, em matéria de saúde, procurar socorro representava enfrentar a falta de transporte; quando se conseguia um, a buraqueira, a poeira ou lama transtornavam ainda mais o estado do doente a ser transportado. A situação melhoraria com o asfalto avançado, redefinindo o contorno dos caminhos renomeados com nomes difíceis de pronunciar, homenageando ilustres desconhecidos, estranhos ao lugar, de nobreza ou heroísmos duvidosos. A rua Barão Joaquim dos Negreiros só era localizada por estranhos se perguntassem pelo Sossego dos Amantes. Como as outras, resistia à denominação, mantendo o topônimo original.

    Assegurados pela prosperidade da quitanda, o aumento do rendimento diário, Gertrudes e Mauro alcançariam sucesso na nova investida sem ter que apertar o cinto. As melhorias do asfalto, dos ônibus garantiriam a tendência do aumento da freguesia, do trabalho também, mas contratariam mais ajudantes e tudo bem. Ouvindo os planos dos pais, conjecturava baixinho *"Somos ricos mesmo, vamos comprar a casa da velha Georgia, oba"*. Trocou a felicidade por preocupação, temia aquele lugar depois que a sofrida senhora faleceu, para a honestidade sensível da menina, ela fedia. E estava sempre despenteada, andando esquisito, pra lá pra cá, cai não cai. Até que um dia caiu e nunca mais levantou. A mãe cuidara dela, fazia sopa especiais só para Georgina com os legumes que trazia da quitanda e a fazia engolir, algumas colheradas, com esforço. Bará, mesmo não gostando de ir porque ali fedia a xixi e cocô, acompanhava Gertrudes e assistia as tentativas de alimentar a senhora. *"Acho que não gosta da comida da mãe"*, cismava na época. No entanto, igual a gafanhotos famintos, os outros sete habitantes do local devoraram toda a comida, rejeitada pela enferma, e iam perambulando quais sonâmbulos, em busca de mais cachaça.

    Longe das vistas dos pais, Bará, participava dos sonhos deles, imaginava os novos quartos grandes, para ela, para Ézio e outro para Velma que, medrosa, segundo seu julgamento, não dormiria sozinha. Mas ela não era medrosa. Arrumaria tudo direito, um lugar para as revistas, outro para a coleção de borboletas, uma mesa para escrever e rabiscar. Sem desconfiarem da espiã de plantão, o casal sonhava. Beijavam-se. Longo beijo, não mais o beijo-framboesa. Embevecida e confusa com a demonstração de afeto dos pais, conjecturava. *"Que gosto tinha beijar na boca, Pitanga? Amora, Beterraba? Jiló? Chicória? Jiló, chicória não. Amargos deixavam um gosto ruim na boca. Mas era bom para a saúde, segundo Danaide, a mãe e o pai, que insistiam para ela comer. As crianças não podiam beijar na boca, os adultos ficavam bravos e não explicavam por que"*

Mauro acariciava Trude puxando-a para si, sentindo o calor do corpo da companheira, as mãos dele outrora macias, quando se conheceram, calosas em função do árduo trabalho, alisavam-lhe o rosto, pescoço. Mãos descendo pelos ombros, sequiosas em invadir outros territórios da mulher-amada-cúmplice. Entusiasmou-se sob a roupa o volume, Trude dez muxoxo. *"Mau, na sala não é lugar"*. Ardia em desejo pelo homem com quem se casara, continha-se com dificuldade. Aprendera desde a infância: *"Mulher honesta, casada, não se prestava ao desfrute, nem com o marido"*. Ela, sussurrava: *"ai, ai, ai"*. Ele controlava-se a custo, na sala não era realmente o lugar. *"Ah, minha fruta doce"*, murmurou-lhe ao ouvido. Debaixo do cobertor também não seria o lugar ideal para concretizar a urgência que o amor e a paixão, somados à alegria, à camaradagem e aos planos em comum, exigiam. Renderam-se à única alternativa, saíram em silêncio para não acordar os pequenos. Na emergência dos corpos abrasados, sequiosos, não perceberam a ligeireza da fuga que Bará dera para não ser flagrada espreitando. A reprimenda seria severa. *"Onde já se viu espionar os pais se beijando?"*. Não foi desta vez que a descobririam ouvindo atrás das portas. Mesmo sem entender todo o significado do mundo dos crescidos, reinventava sentidos ao mundo infantil que habitava. Um universo que, sem que os adultos soubessem, guardava medos, sonhos, inquietação, segredos, angústias e silêncios.

# POSTO AVANÇADO

Tomou para si a missão de vigiar a propriedade que os pais comprariam, para ninguém roubar. Acordou cedinho, os irmãos dormiam. O despertador preto despertou Mauro, ele fizera a Ximbica soltar o primeiro pumpum. Demorou um pouco porque o pequeno veículo roncava, o motor cada vez mais cansado, rateava, como a um pedido de aposentadoria. Depois, levantando tanta poeira que o escondia, sumia na curva levando o comerciante na boleia. Bará achava que o carro era movido a poeira: *"Olha! Hoje a velha Ximbica comeu um bocado de pó";* palavras que o progenitor sempre repetia. Trude, com brilho especial nos olhos. Banhada e perfumada, lábios decorados em cor framboesa, vestindo o seu eterno e incansável penhoar verde. Enquanto preparava o desjejum para a prole, cantava feliz:

"Hoje, eu quero a rosa

mais linda que houver,

e a primeira estrela que vier

para enfeitar a noite do meu bem…

Hoje, eu quero paz

de criança dormindo

e abandono de flores se abrindo

para enfeitar a noite do meu bem...

Quero a alegria de um barco voltando

quero ternura de mãos se encontrando

para enfeitar a noite do meu bem...

Ah! Eu quero o amor

o amor mais profundo,

eu quero toda a beleza do mundo

para enfeitar a noite do meu bem...

Ah! Como esse bem demorou a chegar,

eu já nem sei se terei no olhar

toda a pureza que quero lhe dar."

Sorriso satisfeito, pensamento girando nos prazeres da noite. Serviu a primeira refeição do dia para a madrugadora. Trocou o pijama dela por short azul e blusa branca, a menina se recusou a usar o vestido: *"Hoje não, mãe. Tenho uma missão. Com vestido não dá"*. Gertrudes ralhou impaciente. *"Esquisitices de novo, não, Bará!"*. Arrependeu da frase dita em tom de advertência, se lembrou que ela faria sete anos, deveria atentar as mudanças de humor e comportamento. Patrocina chegaria, resolveria o que fazer. Preocupada, mas compreensiva, cedeu, providenciou o figurino exigido. *"Hoje sou guerreira. Vou vigiar a aldeia."* Na cabeça, a inconfundível fita branca esvoaçando. Sorrateira, aproveitando-se da distração da mãe, apanhou o relógio sobre o criado-mudo. Pé ante pé, no quarto de Ézio, se apossou da espada de madeira, apesar dele sempre arrumar encrenca quando mexia no brinquedo, mas dorminhoco que era, antes que percebesse, ela já a teria devolvido. Ézio nem notaria, afinal era só um empréstimo. Equipada com o arsenal necessário para a empreitada, vigiar a casa de Georgina, saiu cantando músicas que inventava:

"Lalatibumba Lalatimbumbe e

Timbumbe latuia

Latuia ia Tanan num tanan

Tanan

Queno bebe

Queno bebe a

Latuia ia Tanan io bebe

Bumbe latuia aia aia

ia Tanan io bebe

ia Tanan".

Próximo à mangueira, assobiou forte, seus amigos invisíveis apareceram trazendo os pássaros. O quintal sonoriza em gorjeio orquestrando a melodia de Bará: *"Ia Tanan. Ia Tanan. Iobebe. Bebe ia"*. Ela repetia, as crianças dançavam e batiam palmas, ritmando. Alguns traziam nas mãos instrumentos que ela desconhecia, mas gostava do som; o que atraía mais a sua atenção era uma cabaça cortada ao meio, tampada com madeira com um orifício no centro, igual ao da viola. No lugar das cordas, oito pedaços de metal, do tamanho e disposto como os dedos das mãos. Dedilhando, se emitiam sons cadenciados que se misturavam ao trilar canoro das aves e à voz da menina. Bará dançava em círculos com eles. Lembrou-se da missão especial de vigiar a propriedade que os pais adquiririam e reformariam, com quartos para ela e os irmãos. Subiu na mangueira, amarrou na cintura e no pescoço, como a uma bússola, o relógio preto. Buscou o galho forte que apontava para o terreno vizinho, equilibrou-se sentada à cavaleira, podendo ver o telhado, janelas e o portão da entrada. Vigiava... A folhagem, camuflagem perfeita e natural, a encobria, a fita-borboleta ressaltava por sobre as folhas, parecia pousada.

Bárbara esquecera os detalhes da infância, família que tivera. Via-se cada vez mais longe do terraço no nono andar, se misturando cada vez mais com suas recordações. A alegria da dança e do canto emergia resoluta. A vida adulta, com suas responsabilidades e percalços, fizera-a questionar a felicidade que tivera, escudando-se em esquecimento seletivo. Estava aguçada em curiosidade para reviver a semana da festa de seu aniversário de sete anos. Não queria, agora, regressar apressada ao que chamava de conforto e segurança, o seu apartamento, ação que não dependia dela, mesmo se quisesse. Restava-lhe esperar o desenrolar daquela viagem inesperada aos tempos de meninice para libertar-se de inverdades que lhe causavam angústia, e retornaria plena e redimida à vida de mulher responsável e bem-sucedida que, por sua vez, ficava agora estranhamente distante. Revia-se. Revisitava-se. Gostava.

Bará, de quando em quando, colocava a mão na testa, como viseira de boné, protegendo-se do ofuscamento nos olhos pela claridade e a pretexto de ver melhor, mais longe. Espalhados pelos galhos, seus companheiros invisíveis a auxiliam na vigília. Entoavam, qual mantra, o refrão da cantiga inventada; complementando a harmonia as aves raras chilreavam: *"Bumbe latuia aia aia. Ia Tanan. Ia Tanan"*. Avistava o que sobrou da família do Desidério, sete homens trôpegos. Supunha que eles adoeceram, se encheriam de bichos como a Georgina. Mas como venderiam a moradia, se mudariam antes disso. Trude não precisaria levar sopa de legumes para eles, naquele eterno cai não cai, cairiam para sempre bem longe dali. Na copa da árvore, posto avançado, em contínua vigilância, ocultada, ela observava os sete cambaleando. Riam à toa, não a gargalhada de Bizoca, Danaide e de Gertrude. Gargalhavam vazios, tristes. Bem tristes. Gargalhada oca, olhavam o nada. Não viam nada também.

Com medo, mas curiosa ela vislumbrava um corpo grande com sete pares de pernas e braços e sete cabeças. A garrafa de cachaça passeava entre as mãos do monstro sedento por mais um gole, mais um e mais outro. Garrafas e mais garrafas, a criatura bebia tudo: a vida, a casa, a pensão do pai deles. Se um dia tivera, sonhos, não saberiam dizer, com certeza naufragaram dentro da barriga da besta. Quando o bicho gargalhava, ouvia-se um pedido de socorro, abafado, surdo, agonizante. *"Mas quem chegaria perto do monstrengo para libertar eles?"*, perguntava-se Bará. A tentativa de Gertrudes fora vã, a fera rosnava forte e feroz, e eles não ouviam. Só queriam vender a propriedade para alimentar a sede irracional, o dinheiro da pensão era pouco para tanta secura da goela. Impaciente, baixavam, cada vez mais, o preço do único bem que possuíam. Quando acabava o estoque de cachaça, começava a algazarra, os Desidérios brigavam entre si, armados de garrafas vazias, jogavam-nas, às cegar, um contra os outros. Os improvisados petardos cortavam o ar, espatifavam-se no solo, não acertavam o alvo, ou o mondrongo era cego, ou ruim de pontaria, presumia Bará. Zonzos, os filhos de Georgina, gritavam: "É meu. É meu, tira a mão". Vozes pastosas, quase incompreensíveis, se calavam. Corpos caídos ao chão, desmaiados, ali, na cama de cacos, terra e urina. Temerosa, mas guerreira, não abandonava o posto, protegido. Atenta esperava a criatura adormecer.

Tririm, tririm, acionou o despertador. Bará impunha pressa ao tempo, desejava que hoje fosse amanhã, assim, os pais derrubariam tudo, tiraria a cerca e construiriam uma casa bonita e grandona, e ela não teria mais medo, não precisaria ver o animal em que os Desidérios viraram. Gertrudes ouvia o corriqueiro espatifar de garrafas no chão do terreno vizinho. Ao silenciar a bagunça, ela ouviu o tilintar da campainha do relógio, que não estava no quarto sobre o criado mudo. Apressada, foi ao primeiro degrau da escada: *"Baráaa! De novo? Venha aqui"*. Absorta, começando a ver o amanhã, ouviu ao longe o chamado da mãe. *"IIIh! Desta vez eu não escapo"*, confidenciou para os invisíveis amigos. *"Não escapo mesmo. Logo agora que eu ia ver o amanhã"*. Tratou de descer correndo de cima da mangueira. No chão, eles acenaram como se dissessem: *"Tudo bem, não há perigo"*. E desapareceram junto com as aves. Ela estava só para enfrentar a autoridade materna por ter pegado o relógio, e a chatice do irmão por mexer na espada.

Temia a reprimenda, mas, guerreira, como um raio chegou rápido perto da mãe. Estendendo o relógio: *"Tá aqui. Desculpa!"*. Gertrudes sem palavras pegou o objeto. Enigmática, mirou-a nos fundos dos olhos. Bará interpretou como: *"Espera para ver. O seu está guardado"*. Não se intimidou, aguardando o castigo. No entanto a ouviu dizer: *"Vou lhe trocar. Hoje você vai à quitanda comigo. Vai ficar debaixo dos meus olhos"* A frase soou seca envolta em dura ternura. Ela não brincaria no quintal com Suelma, Velma, Ézio e Tércio, a punição pela teimosia. Quando a comadre Danaide chegasse, Bará estaria virando a curva da rua empoeirada de mãos dadas com a mãe, usando um vestido azul e rosa com o laço de fita branca esvoaçando na cabeça.

10
APOEMA

Como pretexto disciplinar, Trude proporcionou a Bará um grande presente. Orgulhosa, de mãos dadas com a mãe, transbordava de contentamento, sorria sem disfarçar ao serem cumprimentadas por quem passava, alguns paravam para conversar. Curiosa que só ela, se inteirava dos causos corriqueiros contados com a intensidade do vivenciado, como se fosse uma situação única. Novidades para ela, não podia se meter em assunto que não fora chamada, mas, atentava aos detalhes. Gertrudes distribuía simpatia, conselhos, receitava chás, ensinava simpatias, tratando com consideração os interlocutores. Envaidecia-se ao receber elogios dirigidos à filha. *"Como cresceu! Esta menina parece muito esperta. O olhar dela demonstra inteligência"*. Outro mais atirado dizia: *"Deixa o meu filho crescer, seremos parentes"*. Esse comentário ela não apreciava, lhe soava prepotente aparentando inocência, selava um destino: Casamento, filhos. Bará possuía a chave. *"A quem competia definir o destino dela?"*. Cismava de si para si, sem perder o sorriso.

Recebidas, ao chegarem, por Mauro quem, após o costumeiro beijo-framboesa na esposa, acrescido do sabor especial da noite passada embaixo do cobertor, ergueu a filha ao colo, abraçando-a, interrogou a esposa com um arquear de sobrancelhas. Gertrudes respondeu numa codificação de olhar, sem palavras: *"Conversamos mais tarde, à noite"*. Ela se sentiu protegida com o afeto dos pais, entendeu a comunicação muda deles, seria o principal assunto quando pensassem que estivessem a sós. Temerosa, arquitetou escuta noturna mais apurada no cuidado de não ser descoberta espionando; senão, desta vez, não escaparia. O marido se retirou para o sono diurno, a quitandeira iniciava a limpeza dos produtos com uma preocupação a mais: não perder Bará de vista. Sentada sobre uma improvisada esteira feita com caixa de papelão, a pirralha se instalou embaixo da bancada de frutas, entoando as cantigas inventadas, brincando com pauzinhos de pirulitos.

A compra de víveres intensificava-se no estabelecimento, a VITURES, funcionando a todo fôlego, economizava o tempo de caminhada a pé, no proveito da demora em escolher e adquirir os produtos alimentícios e nas prosas esticadas para colocar as fofocas em ordem. O Sargento Azeitona, freguês habitual - como ele, nada de anotar na caderneta - pagava à vista. Depois do plantão no xilindró, como o povo chamava a pequena delegacia de polícia, ocupava-se na aquisição dos víveres para prover de alimentação dele e Dilma, sua mulher; falta de filhos não impedia a felicidade do sargento. *"D. Trude, tenho tudo de que preciso. Respeito, emprego, casa, comida, roupa lavada e Dilma para fazer cafuné. De que mais preciso?"*, falava, enquanto escolhia os legumes e contava a dúzia de laranja. *"Vou dizer, se Deus me der filhos, deu. Se não der, não vai fazer falta. Dilma não vai se estragar com barriga e nem dando de mamar, Se Deus der filhos, deu. Melhor que não dê; na Dilma, quem mama é eu"*. Encerrou, satisfeito, apertando os melões, verificando se estavam maduros, prontos para consumo imediato.

Na Vila ninguém ia preso, o sargento respeitado, comandava dois cabos que se revezavam em turnos diurnos e noturnos; ele resolvia as pendengas na diplomacia. Se alguém roubava, besteira qualquer, devolvia; se brigava, xingava, desculpava-se. O Azeitona nos seus um metro e noventa oito de altura, impunha respeito sem usar violência, muito menos a arma, que carregava na cintura, compondo a farda. Dava muitos tiros, mas só quando treinava a pontaria, para desenferrujar o dedo do gatilho. Casado há cinco anos com Dilma, mulher bonita, fogosa, os dois viviam de chamego em público. Ele se derretia como manga doce na boca de faminto, lânguido, mas não continha o ciúme. *"Ah, Ai de quem bulir com Ela"*, ameaçava, segurando no coldre da arma. Lógico que ninguém seria estúpido o bastante para enfrentar a fúria, pressuposta, do homem. Pagou. Saiu com a sacola abarrotada em direção à rua Caminho do Mouirim, onde residia; assobiando uma canção qualquer, avaliava sua vida com Dilma que raramente se ausentava da casinha arejada, com um terreno para estender roupas e ampliar os quatro cômodos, se necessário. Confiava na satisfação dele, tanto como na da esposa, mesmo quando ela reclamava, com jeito, para não o magoar, ambicionando trabalhar fora, para ocupar os dias. Mas ela ouvia sempre a mesma resposta: *"Eu lhe dou tudo. Mulher minha trabalhar fora? Que nada! Dou de tudo e mais um pouco".*

Sob o balcão, Bará distraía-se criando fauna e flora particulares. Espetava, com palitos de fósforos, chuchus, batatas, cenouras e outros legumes, transformando-os em elefantes, girafas, macacos e outros bichos, criava floresta moldando as vagens, jilós e brócolis, quebrando-os ou amontoando-os por sobre as batatas-doces, que eram as montanhas. Divertia-se camuflada na deusa criadora do mundo das leguminosas, tubérculos e folhosas, onde os bichos-legumes escondiam-se, atacavam, bebiam água na lagoa feita com laranja cortada no meio. Apreciadora de novidades, atentava ao burburinho dos ônibus, novinhos, que descarregavam passageiros e carregavam outros, postados em fila, esperando a vez para embarcar no coletivo, rumo ao centro da cidade. Eram os tipos mais interessantes de pessoas. Algumas entravam e saiam da quitanda sem repararem na presença dela. Decididamente, o castigo que D. Gertrudes pretendeu impor, privando-a da convivência com os irmãos e vizinhos, surtiu efeito contrário. Mais tarde, contaria aos outros, que ficaram, a manhã de aventura que tivera, impostando trejeitos de importante, fazendo falso suspense sobre algum detalhe, só para vê-los curiosos. Antevia o desapontamento estampado nos rostos por não passarem pela Esperança. Ela não se aguentava de ansiedade para voltar e vê-los morrendo de inveja.

Depois de desmontar a floresta improvisada sob a bancada, Bará juntamente com a sua genitora, regressaram ao lar, para o almoço. Passaram pelo local da feira livre, que acontecia uma vez por semana, onde se vendiam roupas e calçados, cereais, carnes e diversos gêneros, não encontrados no comércio da região. O setor das carnes inquietava a pequena, ela apiedava-se dos porcos degolados, corpos esquartejados, as cabeças, com ganchos enfiados nos buracos dos narizes, penduradas em paus suspensos. Os demais pedaços dos animais, pés, rabos, pernis e vísceras acomodados sobre a banca, pingavam ainda o sangue, avermelhando o meio fio da rua. Enojada com a exposição das carnes, para ela, um cenário de horror, para a mãe o fornecimento providencial de víveres frescos que transformaria, com a ajuda de Danaide, em alimentos palatáveis. *"Banquete nutritivo"*, diziam para as crianças. A garota atenta, aguardou a mãe conversar com o vendedor enquanto comprava pés de porco para colocar no feijão da janta. Na refeição da noite se recusaria a comer, pensando nos animais esquartejados e expostos, não contaria nada sobre o motivo da recusa. Consumiria só a salada de legumes: *"Os legumes não sangram!"*.

    O vento levantava poeira em redemoinhos vermelhos; na rua de terra batida, Bará corria na direção do ar em movimento, rodopiava imitando a circulação da lufada, misturando-se ao pó em suspensão que a cobria. Girava. Girava, como querendo sumir na atmosfera, igual às partículas deslocadas do chão. Baixinho entoava uma cantiga: *"Ia vevera io. Na tunga Bárbara. Natinga lelea. Lelea na tiga ia. Vevea natinga ioa. Ioa. Ioa. Ioa. Natinga. Vivea Bárbara"*. Ria. Ria até o rodamoinho se dissipar, mais adiante outro se formava. Ela, então, reiniciava o ritual inventado, Gertrudes observava a felicidade descontraída da sapeca, era diferente dos outros, nunca se contentava com a primeira resposta, inquieta muitas vezes, outras tantas, taciturna. Alegre, agora, como se nada tivesse acontecido pela manhã. Sabino vaticinara que Bará pertencia à natureza do vento. Imperceptível, volátil, brisa calma, suave e também intempestivo, sempre em circulação, sempre presente, mesmo despercebido, movimentando-se em todos os lugares, todos os espaços. *"É, ninguém prende o vento. Não há diques para o vento. Os moinhos de vento não o prendem. É, não o prendem! Se utilizam da energia para movimentarem-se. E transformarem as coisas"*, conjecturava D. Trude em voz alta, absorta, vendo-a brincar desinibida com as lufadas do ar, solta como a natureza, rindo à solta, rodopiando como que suspensa no ar.

Lembrava os vários sonhos que tivera, quando dessa sua segunda gravidez. Na época em que não morava na Esperança e sim mais próximo do centro da cidade, numa casa simples, dividida com Patrocina, José Galdino e Celeste; o espaço era apertado para os seus moradores, mas a ajuda mútua superava os conflitos e a invasão das intimidades. Patrocina a socorreu quando as dores do parto ficaram insuportáveis, acordando Galdino com ímpetos de pressa e preocupação: *"Vamos Zé, corra homem, vá buscar um carro. Tá na hora. Vai nascer"*. O sogro, que dormia após o dia de trabalho exaustivo como cobrador de ônibus, correu frenético à procura de um veículo de aluguel. No hospital, a enfermeira do dia, após rápido exame, afirmou: *"Alarme falso, tenha calma, mãezinha. Ih! o parto vai demorar"*. Tranquilizada, acomodada na cama, dormiu e sonhou, imagens vívidas, como se surgissem ali, em tempo real, outro lugar, outro cenário.

Estava numa aldeia indígena. Na posição de cócoras. Mulheres cantavam em uníssono, batendo os pés e as mãos, cirandavam lenta e compassadamente. Uma mulher velha, com uma cabaça nas mãos, esfregava um unguento verde em sua barriga. Estava nua sobre uma esteira trançada com folhas de palmeira. Atrás dela, um índio guerreiro forte, trazendo às costas arco e flechas, nas mãos um tacape, esculpido do galho de baraúna, vigiava para que espíritos oportunistas não tomassem a frente do verdadeiro espírito que habitaria o corpo novo do ser que surgia. A cada grito de dor de Gertrudes, ele brandia o tacape, espantado as criaturas invisíveis. Ali perto, um rio de águas cristalinas sobre o leito pedregoso, onde o recém-nascido receberia o primeiro banho e a confirmação da junção do corpo novo ao espírito ancestral. A ciranda das mulheres movimenta-se mais rápido. Ao último grito, a mulher velha ajoelhou-se, estendeu as mãos, já sem a cuia, aparou a nova vida que chorava a todo pulmão.

Os sons do devaneio confundiam-se com o corre-corre porque dera à luz ali na cama. Transportada de maca para o centro cirúrgico, misturava sonho e realidade. Enquanto os médicos e enfermeiros realizavam a assepsia na parturiente e no recém-nascido, comentavam a rapidez da dilatação e o parto relâmpago. Antes de fechar os olhos para o descanso merecido, Gertrudes, sedada, sonolenta, vislumbrou por trás da equipe médica o indígena sorrindo, suado, como se tivesse feito um enorme esforço. *"A menina foi coroada ao vir ao mundo por espíritos ancestrais a que pertence"*, proferiu ele, na língua da nação, fazendo várias recomendações que deveriam ser seguidas, para o fortalecimento da nova vida. Gertrudes entendia tudo e, antes da consciência ser toldada pelo sono, ouviu: *"Apoema. Meu nome é Apoema, aquele que vê mais longe. Apoema. Não esqueça. Apoema"*. Adormeceu, lembrando-se da história da bisavó que fora raptada na aldeia Tapoema e obrigada a se deitar com o raptor; tivera vários filhos espalhados no mundão de deus. Patrocina, ao saber da aparição de Apoema, profetizou que aos sete anos teria que confirmar a neta no mundo, traçando linha divisória nítida, entre o lado visível e o lado invisível.

"Dali a poucos dias ela faz sete anos. Sete anos". Repetia baixinho como refrão de ladainha. *"Sete anos"*. O tempo chegara. *"Filha, pare de girar, você vai ficar tonta. Pode cair. Venha cá, me dê a mão"*. Entretida com as lufadas, Bará ouviu, mas não atendeu, não queria parar de girar, olhos fechados, o corpo redemoinhado, sentia o prazer da leveza: *"Menina acorda! Estou lhe chamando"*, insistia a mãe, com todas as preocupações e ocupações, companheiras inseparáveis do dia. *"Venha, Bárbara! Não se esqueça que você está me devendo explicação. Vamos. Venha!"*. Parou de repente, de olhos fechados, experienciava uma zonzeira gostosa. Quando girava e girava, via, mesmo sem abrir os olhos, lugares lindos, pessoas diferentes. Ouvia as músicas que depois cantava e as pessoas achavam que inventava. Não inventava. Ouvia. Escutava agora, confundidos ao chamado de Gertrudes e, ainda tonta, respondeu: *"Sim mãe. Desculpa, demorar a atender. Estava na aldeia dançando com Apoema"*. A resposta da filha aguçava os receios maternos mais recônditos. Controlou o tremor que a acometeu, as providências a serem tomadas merecidas urgência.

"Filha, vamos fazer uma linda festa para o seu aniversário". Bará, batendo palmas, gritou: *"Oba! Oba!"*. Achou que a mãe esquecera o fato dela ter bulido no relógio de novo. Enganara-se. D. Trude simplesmente adiara a decisão, ponderando qual seria a melhor

atitude a ser tomada frente àquela mania renitente da criança. *"Vou fazer um bolo bem gostoso. Recheado com amoras como você gosta. Vamos cantar parabéns pra você e tudo mais. A sua avó Patrocina lhe fez um vestido todo bonito, seu pai deu dinheiro para sapatos novos. Ficará uma rainha"*. Próximas ao portão da casa, acrescentou: *"Assim que sua avó chegar, terá outras surpresas. Gostou?"*. Feliz, respondeu, metralhando perguntas: *"Sim mãe, Tércio, Ézio, Velma e Suelma vão cantar parabéns comigo. Não é? Mas só eu vou soprar as velinhas. Vai ter bastante crianças. Não é? As pessoas grandes também virão. Não é? O seu Wilson vai tocar violão. Não é? Todo mundo vai cantar junto. Não é? A senhora vai cantar sozinha aquela música bonita que fala do luar do sertão?"*. Questionava a um só fôlego, Gertrudes não respondeu, para todas as indagações, só havia possibilidade do sim, sim, sim. Chegaram, Danaide aguardava como sempre, com tudo preparado, os outros ansiosos, nas brincadeiras costumeiras, invejados do passeio matinal de Bárbara, planejariam aprontar, mais tarde, alguma traquinagem para receberem o mesmo castigo.

A CHEGADA DOS LOUREIROS DE ASSIS

Habilidosa na prática adquirida ao longo dos anos, segurava o cacho de bananas nanicas e, empunhando o facão afiado na mão direita, Gertrudes separava as pencas, absorta na arriscada tarefa. Ela sorria, os alvos dentes iluminavam-lhe o rosto, sentia-se poderosa, dona do próprio negócio que prosperava. Postada meio de lado, para a entrada, distraiu-se cantarolando baixinho uma canção ouvida na infância: *"Rondó, Senhor Capitão. Soldado ladrão. Facão na mão. Rondó, Senhor Capitão"*. Voz bonita, apreciava cantar, a todo pulmão, como diziam. Mas no comércio, lugar público, controlava-se, entoava em sussurro, espantando as preocupações e receios que cederam espaço à onda de felicidade que a dominava. No talho certeiro, separava os frutos em dúzias, agrupadas pelo ajudante na bancada, atônito com a destreza da patroa no uso da ferramenta que, no seu entender, era coisa para homem. *"Rondó, Senhor Capitão. Soldado ladrão. Facão na mão"*. Cantava baixinho, cortava certeiro.

"Olá, eu que não queria ser este cacho de bananas", Gertrudes reconheceu a voz e o timbre de jocosidade, inconfundíveis. O sol batia forte em toda a fachada do estabelecimento, dificultando a visibilidade mais apurada. No entanto, a luminosidade lhe ressaltava o contorno, alto, esguio, da silhueta parada na passagem, uma postura ereta transmitindo dignidade. A mulher, sorriso cordial, leve quê enigmático, trajava roupas elegantes e confortáveis, apropriadas para viagens longas, bom gosto obtido no ofício de costureira modelista. Depositados ao chão, sacolas e pacotes improvisavam um pedestal. Gertrudes não percebeu a chegada de Patrocina, a sogra possuía a característica

de aparecer como quem surge do nada, silenciava ruídos. *"Cina! Você chegou! Esperávamos você somente para amanhã".* Com um gesto preciso, espetou o facão no talo do cacho de bananas e correu em direção à sogra. *"Que ótimo que chegou".* Desvencilhando-se dos embrulhos no chão, estreitou a sogra num abraço, franco e terno, misto de saudades e alívio: *"Mas não preparei nada em especial. Você gosta de fazer surpresas, heim!?".*

"O momento pedia urgência. Senti suas preocupações lá de casa". Falou em tom de brincadeira, mal disfarçando as inquietações, os motivos que a fizeram adiantar em um dia a chegada. Além dos preparativos do aniversário da neta, havia providências a tomar, precisava de longa conversa com a nora, mas aguardaria a ocasião adequada. Depois de descansar, abraçar os netos, desembrulhar os presentes, decidiria o que fazer a respeito das esquisitices de Bará. *"Como estão? As crianças cresceram muito? Meu filho Mauro continua bonitão e se comportando? Não adianta dizer que estão trabalhando muito. Isto já deu para ver. A quitanda está um primor. E você cortando as pencas de bananas... Um fenômeno à parte. Meu filho já presenciou esta sua destreza? Nem precisa responder se ele está se comportando...".*

Riu prazerosamente da própria piada. Perguntas simultâneas, sem respostas, repetidos abraços afetuosos coroavam o reencontro. Empolgada, Gertrudes não notara a presença de José Galdino e Celeste. Efusiva, a mais alta do trio, Patrocina encobrira o sogro e a cunhada, os quais Trude tratava com educação e reservas; os anos tinham passado, mas as mágoas e os ressentimentos, apesar de não demonstrar, a remoíam, impedindo de ser mais afetiva e espontânea com eles. Os tratava com polida educação, mas com reservas.

Não se esquecera o dia em que Mauro anunciou o noivado, o casamento próximo. O sogro se fechou no quarto, calado por dias a fio; quando falou, teve o efeito de insulto. *"Bonita ela é. Mas empregada doméstica? Sem completar o primário. Mauro deve ter perdido o juízo. A paixão faz coisas loucas mesmo. Mas, se nos deslocamos de Minas Gerais, foi para melhorar de vida... Ele poderia ter escolhido melhor. Afinal, somos pretos, temos* que almejar melhorar de vida, sempre. Mauro está no segundo ano de contabilidade técnica. Casar agora… e com ela. Bonita ela é…, Mas…". Calou-se, diante da esposa a voz não era ativa, Patrocina o interrompeu, com um grito seco de reprovação: *"Zéee"*. Mauro, apesar da educação à antiga, enfrentou o pai: *"Eu escolho minha esposa. Eu é que sei! Não sou obrigado a seguir seu exemplo: querendo casar com a mais nova, foi obrigado, pelo sogro a casar com a mais velha das irmãs. E quanto à contabilidade, eu que sei também e as demais coisas… eu também sei"*. Os anos passaram, mas o mal-estar não, a nora nunca esqueceu a rejeição, os maus humores e malcriações persistentes até o nascimento de Ézio, o xodó de Zé Galdino: *"Primeiro neto e homem!"*.

"Como vai, Seu Galdino". Cumprimento formal, retribuído, por ele, da mesma forma. *"Como Deus quer e manda e eu obedeço"*. Tirou o chapéu de feltro da cabeça, como mandava a etiqueta social; Gertrudes, num sorriso disfarçadamente irônico, represou um comentário: *"Não é só Deus que lhe manda. Aliás, Patrocina lhe manda muito mais"*. Para conter o ímpeto perguntou: *Está de folga hoje, que bom, poderemos contar com o senhor!"*. Imediatamente dirigiu-se a Celeste: *"Você está bem. Dá para ver. Elegante como sempre. Também está de folga da repartição? E as aulas de corte e costura e modelagem? Você está formando uma nova turma este ano? Que ótimo!"*. Abraço e os três beijinhos formais. Guardava mágoas também de Celeste. Durante a semana, com a presença dos familiares do marido, se esforçaria para manter o equilíbrio emocional, relegar os desgostos do passado, afinal queria harmonia no aniversário de Bará.

"Vamos entrando. Acomodem estes pacotes todos aqui, atrás do balcão". Trude, pegando alguns dos embrulhos, apontando o lugar para guardá-los, seguida por Celeste que, não afeita a tarefas pesadas, carregava pequenos pacotes. Considerava-se diferente, a grande modelista, por atender clientela especial, sempre rodeada de alunas. Também não lhe faltavam pretendentes. Apesar de não ser bonita, compensava a falta dos atributos de beleza, afetando postura de grande dama, cheia de não me toques, trajando taieres desenhados e confeccionados por ela, que realçam a silhueta curvilínea e esguia do corpo. *"Vou pedir para o rapaz correr até em casa e acordar Mauro. Dá pra acomo-

dar tudo na Ximbica. Vocês ficarão um pouco espremidos, mas o percurso é curto. Isto é, se a Ximbica não resolver aprontar das suas". Gertrudes divertiu-se, ao perceber o incômodo de Celeste ao imaginar-se comprimida na boleia da caminhonete, a poeira vermelha das ruas sendo depositada, grão por grão, na roupa bege clarinha. *"Acomodem-se enquanto esperamos".* Improvisou três bancos com caixotes de tomates vazios, ofereceu a eles laranjas para se refrescarem do calor seco da temporada.

Adiou o desejo de trocar confidências com Patrocina numa longa conversa de mulheres, entre risos e seriedades, para a tarde após o almoço; antevia-se na companhia da sogra, saboreando quitute de fubá com grãos de erva doce, feito por Danaide, enquanto os pequenos, depois de satisfeita a curiosidade desembrulhado os pacotes e saciados com as guloseimas, desfrutariam da liberdade infantil, soltos no quintal, inventando mundo de divertimentos. Mas, no momento presente, com a saída do ajudante, dividia-se em atenção com os familiares do marido e a freguesia ávida de sempre. A arrumação da bancada das pencas de bananas ficou por terminar. A urgência em falar com a matriarca superou os constrangimentos que a presença de Zé Galdino e Celeste pudesse causar. O sogro e a cunhada alfinetavam-na com grosserias e sutileza, lembrando reminiscências do passado. Eles não perdiam a oportunidade de lamentar o possível futuro promissor de Mauro, interrompido, segundo opinião dos dois, ao se casar. Citavam, na base do sem querer, o nome de uma e de outra mulher, ressaltando as qualidades, principalmente a de terem terminado o curso primário, evidenciando que preferiam as namoradas que ele tivera antes do casamento.

A comerciante disfarçava o mal-estar que os comentários lhe despertavam, mas jamais esquecera a falseta que a irmã do esposo lhe apontara. Namorador que sempre fora, ele guardava, dentro de uma caixa, fotos das antigas namoradas, cartas com declarações ardentes e apaixonadas, peças de roupas íntimas ofertadas pelas mais afoitas. Antes de viajar para a lua de mel, mostrou as relíquias. *"Agora que me tornei um homem sério. Casado, não fica nada bem guardar este tipo de suvenir. Não quero nem olhar. Ponha tudo no lixo. Trudinha não merece chegar aqui e deparar com estas coisas. Vá lá, mana, faz este grande favor para o galã aposentado"*. Sorriu cativante, exibindo simpatia, sua marca registrada. No entanto, numa traquinagem maldosa, Celeste vislumbrou a oportunidade de atingir a recém-casada, por nutrir ciúmes da amizade e da cumplicidade dele para com a cunhada. Sem contar o despeito misturado à inveja pela beleza, miscigenação entre negros, índios e portugueses, que Gertrudes exibia com a maior naturalidade. No fundo, entendia a paixão do irmão por aquela mulher. Mas, deixar os estudos para casar-se, já era demais.

Ao retornarem de viagem, o casal encontrou Celeste se desmanchando em gentilezas, convidou a recém-casada, com o pretexto de necessitar de aprovação na decoração do quarto, especialmente preparado para eles residirem, enquanto arrumava a vida. Sorrindo, com a mais inocente simpatia, abriu a porta do recinto. Avistava-se uma bonita cama grande, coberta com colcha de linho, bordada com flores e folhas, e sobre ela, arrumadas com requintes de displicência, dezenas de fotografias de ex-namoradas, mulheres clicadas, algumas em companhia do homem sedutor, outrora solteiro, outras em poses insinuantes. Fotos e fotos. A ira a dominou, a vista escureceu. Celes contemplava a cena satisfeita. Sem pensar, Gertrudes, atirou-se sobre a cama e rasgou tudo, jogando ao chão. Chorava e rasgava. Ataque de fúria digno de nota. Sorrisos, poses e intenções aos pedaços. A reação intempestiva, inesperada dela, intimidou a outra, que se retirou apressada do aposento, esbarrando com o irmão, ansioso em saber da aprovação da mulher amada, das acomodações simples, mas era o que ele podia oferecer naquele momento. Ouviu soluços, deparou com Gertrudes em prantos convulsos. *"O que é isto?"*. Gritou ao ver o que deveria ser um lugar acolhedor, assolado por pedacinhos do passado espalhados. Lembranças sem importância, ele havia feito sua escolha. Trude, sua esposa, sua companheira, a mãe de seus futuros filhos. Amava-a.

Com os olhos vermelhos disse: *"Você, sua irmã, sua família. É isto!"*. Ele olhava-a sem entender. Celeste fora, gratuitamente, maldosa e inconsequente. *"Trudinha. Dinha!"*. Pronunciou todo manhoso e carinhoso e sentou-se na cama. *"Eu sei que eles não gostam de mim. Não me querem aqui. Até a sua mãe. Mas ela é mais respeitosa do que seu pai e sua irmã", disse recompondo-se. "Eu casei com você e não com eles. Matrimônio é para sempre. Ela queria me atingir e atingiu. Esta foi a primeira e a última vez. Escreve isto, Mauro. Escreve. Ela nunca mais me verá chorar. Nunca mais! Não sou mulher de choras, não. Comigo as coisas são diferentes. Tenho valor. Esta implicância deles é gratuita. Ninguém é melhor ou pior que ninguém. E não me venham dizer é por causa do meu trabalho. Não sou a primeira e não serei a última. Empregada doméstica? Trabalho honesto. Sustentei minha família com ele. Tenho orgulho disto. Ninguém é melhor ou pior do que ninguém. Melhorar? É obrigação de todos. Olha, você sabe quem eu sou. Você sabe. Não vou aceitar mais provocação de ninguém. De ninguém, ouviu! Sempre me fiz respeitar. No meu emprego e na minha vida. Mas se a vida me dá um limão, vou atrás do açúcar para fazer limonada. Não sou de ficar parada. Fale com eles. Fale, senão eu falo. Parem de provocações e insultos. É assim que os educadinhos recebem a sua esposa. Leva estas porcarias daqui. Na nossa cama, no nosso quarto, quero respeito. A casa é de sua família, mas o quarto é nosso. Respeito é bom. Daqui para frente vou lhe ajudar. Volto a trabalhar…"*

Mauro tentou interromper, a mulher trabalhando, o relacionamento familiar pioraria; no entanto, Gertrudes estava de pé, gesticulava sem lhe dar chance. *"Não me interrompa! Trabalhar sim, e como empregada doméstica. É o que sei fazer e o que tive chances de fazer. Vamos economizar e o mais rápido possível comprar nossa casa, nosso canto. E não tem discussão".* O marido entendeu a revolta, ela não fora atingida pelo passado dele, mas sim pela falta de respeito de que fora vítima. Não querendo começar a nova vida com discussão, provocada por atos maldosos, ele não se opôs, ela retornou ao antigo emprego, apesar de não pernoitar, passou a ganhar mais, pouparam o máximo. Com o nascimento de Ézio e depois de Bará, a vida complicou, mas continuaram incansáveis objetivando realizar os sonhos. *"Mulher de fibra esta minha"*. Orgulhava-se, quando voltava, cansado do trabalho de vendedor de frutas e encarava os maus-humores de Zé Galdino. *"Deixa estar… O senhor ainda vai precisar de Trude. O mundo dá voltas"*. Cuidadoso em amenizar o tom e não piorar a ranzinzice do progenitor. Conseguiram comprar a casa e montaram o pequeno comércio. Rememorava o início difícil, avaliava o esforço deles, poupavam e sonhavam mais, a compra da casa da Georgina já era favas contadas. O som peculiar da buzina da Ximbica anunciava a chegada de Mauro. Abraçou a mãe, pediu a benção, respeitosamente, ao pai, beijando-lhe a mão direita, abraçou a irmã, acomodou espremidos na pequena boleia do caminhão, os pacotes na carroceria, se foram. Ela ficou proporcionando a ele tempo necessário para o convívio com os seus e matar as saudades.

O BOLO DE FUBÁ

Zé Galdino descansava no aposento de Ézio e Celeste, no de Bará, que cedeu seu espaço contrafeita; conhecia a predileção da tia pelo sobrinho mais velho, do qual também era madrinha. *"Por que ela não dorme no outro?".* Interrogou a mãe que respondeu num olhar autoritário. *"Fique quieta, não levante questões".* Depois, completou, explicando: *"Meninas no das meninas. Meninos no dos meninos".* Pensativa, procurando significado em sua lógica infantil, por fim falou: *"A tia não é menina, é mulher. É grande. Até trabalha. Quando eu for grande, eu posso trabalhar?".* Gertrudes, ansiosa para conversar com a comadre e a sogra. *"Ah, agora não! Não me venha com os seus porquês. Forma de dizer. Ela é uma menina mulher. Agora vai brincar. Vai. Preciso...".* Interrompeu: *"Já sei, ter uma conversa de adulto com a vó".* Saltitando, saiu levando o presente de Patrocina, carrinho de madeira, porque não gostava de bonecas, achava-as sem graças.

    A garotada improvisava divertimentos no recanto preferido, à sombra da pitangueira, ao lado do tanque de lavar roupas e do poço. Amassando a terra com água, moldando a massa de barro em formato de tijolinhos, empilhando-os uns sobre os outros; gravetos roliços colocados, cuidadosamente, sobre a estrutura configuravam os telhados. Raspando o chão com tampas de latas de conservas, simulavam caminhos, compunham a minicidade arquitetada, reproduziam à Vila Esperança. Os novos brinquedos presenteados, animariam o cenário em miniatura. Bará trafegava o caminhãozinho de madeira, imitando com a boca os ruídos feitos pela Ximbica, a velha caminhonete do pai. *"Brum, rum, rum... Pum, pum"*, corria à solta, até iniciar disputa com Ézio que ganhara uma betoneira, parecida com a dos operários que asfaltavam as ruas. Para irritar a irmã, forçava a passagem, na contramão. Felizes, abandonavam-se às aventuras.

     Na cozinha, as três mulheres saboreavam pedaços de bolo de fubá. O sabor adivinhava-se pelo aroma irresistível. O café quentinho descendo aos golinhos, garganta abaixo, revigorando a tagarelice. Reunidas como a uma confraria, colocavam-se a par das novidades. Danaide incentivava-se com a presença da sogra da amiga, contagiava-se com alegria e espontaneidade dela, que a incitava a pilheriar sobre a vida dura, confidenciando sua convivência com Onofre, ria à solta, poderia se dizer que era de felicidade. "Novidade nenhuma, o de sempre. Ele reclamando e trabalhando. Eu lavando e passando e ouvindo as reclamações. Dinheiro pouco, sonhos também. A não ser o milheiro de tijolos comprados para levantar uma nova parede na casa para fazer o quarto de Suelma. Mocinha, não pode mais dormir com a gente no mesmo cômodo. Tem que começar a ter suas intimidades de mulher. Sabe né, as regras estão para chegar… Ele vai começar a cavar o alicerce no fim de semana. Fora isto, Patrocina, vida de pobre. Pobre de dinheiro, porque o espírito, né comadre, continua forte, com as graças da Virgem Maria. Ela é virgem, eu não. Então, ela cuida do espírito, eu vou passando e engomando".

     O assunto seguia animado, Patrocina trouxera vários vestidos para Velma e Bará, shorts e camisas para Ézio e Tércio, confeccionados por ela. "Vocês sabem, o tecido eu não compro. Quando recebo uma encomenda, já calculo o extra para as roupas de meus netinhos. Afinal eles merecem se vestirem com decência. Meus netinhos, Danaide, incluem os seus filhos, Suelen já é mocinha, vou mudar o modelo das saias, espero que ela tenha gostado dos que trouxe". Trude, controlando a emoção e o prazer ocasionado pelos mimos da sogra, desmanchava-se em elogios: "Você sempre generosa. Tantos presentes. Você vai acostumar mal as crianças. Eu já estou habituada com a sua generosidade. E digo mais, se não fosse você aconselhando Mauro nos momento mais difíceis de nossas vidas… Sei não o que seria. A vida é amarga. Mas encontrar o açúcar para adoçar é o que faz a diferença. Com ajuda sincera então fica mais fácil. Gostei do vestido que trouxe, tecido fino. Bom gosto de sua freguesa, o talhe que você fez valoriza minhas as minhas formas, os quilinhos que engordei ficam disfarçados. E estes *sapatos vermelhos... Hum! Coisa linda! A despeito de Seu Galdino poder chamá-lo de vulgar. Vou usá-los na festa de Bará".*

Em canastra fechada, cuidadosamente, com pequeno cadeado antigo confeccionado em metal maciço, decorada com símbolos em folhas verdes e traços diagonais e verticais que se cruzaram entre a base e a tampa, nas cores vermelha, preta e amarela, residia o verdadeiro motivo de Patrocina adiantar sua chegada. O enigmático baú aguçava a curiosidade, *"Não querendo ser bisbilhoteira nem parecer interesseira. O que tem aí dentro? Um segredo fechado a cadeado? E para quem se destina? Hum!... Quero me conter, mas não posso. Vamos abri-la. Agora?".* Ato contínuo à fala, Gertrudes, com a ajuda de Danaide, colocou a arca sobre a mesa, em meio, as três canecas, os pires com sobras do alimento consumido e o bule de café ainda fumegando. *"Não é tão pesada! O que tem aqui dentro? Fala, Cina. Fala!".* A matriarca, fixando, solene, o rosto da nora e na fiel e inseparável escudeira, ponderava sobre a convivência de abrir os segredos do baú na frente dela. A palavra comadre, para Patrocina, embutia o significado do amor, dedicação e doação. Mais que uma homenagem, designava uma *co-mãe*, sem as determinações biológicas da consanguinidade, mas pauteada em afinidades e confiança e no compartilhamento da responsabilidade, dedicação e cuidados para o apadrinhado. No seu parecer, Danaide cumpria o papel, não só com Velma, a princesinha, sua afilhada oficial, mas também com Ézio, o primeirão e com Bará, a guerreira do vento, passando a pertencer, numa adoção consentida de relações de parentescos, à família. Concluiu que as duas eram merecedoras do privilégio de compartilhar os segredos do baú.

"Bem, mulheres, a curiosidade matou o gato". Fez pilhéria, desanuviando o semblante. Riram à larga, interromperam-se ao ouvirem o pigarrear de Zé Galdino, ressoando do quarto do Ézio. *"Até dormindo o Zé é ranzinza!"*, comentou Patrocina que arrastava um casamento conflituoso. Quando Galdino, na época, pediu a mão de Lurdinha, filha mais nova, Francisco Loureiro teria dito: *"Eu primeiro caso a mais velha. Não quero solteironas aqui. Se quiser entrar para a família, case com Patrocina que, aliás, já está*

passando da idade". Obrigado por convenções ultrapassadas, casou-se por imposição paterna, com Patrocina. A convivência entre os dois construiu-se com a argamassa do ressentimento da incompreensão, desentendimentos constantes, mesmo após o nascimento dos herdeiros. Cumpriam as definições preconcebidas de matrimônio. Ele, forçando-se para ser a patriarca e ele, a dona de casa. No entanto, a natureza guerreira e voluntariosa de Patrocina sobressaía. Nos desentendimentos constantes, as marcas do passado vinham à tona. *"Não era com você que eu queria casar, me empurraram a filha encalhada, não tive escolha",* repetia incansável, o homem que se tornara mero figurante da vida conjugal. A mulher usava o deboche para se manter no controle da situação; evitando discussões mais acaloradas, ridicularizando-o, quando ele tentava cantar de galo. Irritado, retirava-se para um canto, resmungando, impotente.

Certa vez, tentou bater na esposa, sem sucesso. Alta e forte qual um touro, resultado da infância lidando na capinação da roça e da autodefesa que aprendera contra os irmãos mais velhos, brigando como moleque, ela o neutralizou com um golpe, uma gravata, sufocando-o. Humilhado, viu-se no chão, o braço direito dela apertando-lhe o pescoço, o joelho esquerdo pressionando-lhe o abdômen. Assustou-se. *"Homem não apanha de mulher, bate",* capitulou, aprendeu: nela não se bate nem com uma flor, ele corria o risco de ser agredido com cabo de enxada, perder o respeito dos filhos e se transformar em motivo de chacota para a vizinhança. Galdino e Patrocina, aos trancos e barrancos, na rotina diária se toleravam. Brotou na relação conjugal, qual mandacaru espinhento, afeto bruto e rabugento, foram ensinados que casamento é para sempre, acontecesse o que acontecesse. Respeito? Conceito bastante flexível entre os dois, ele fingia que mandava, ela fingia que obedecia.

Mesmo em sua ranzinzice, ralhando por qualquer motivo, Galdino conquistara a consideração dos filhos. Mas era na mãe, que aconselhava, aplaudia, recriminava, apoiava e auxiliava, que eles encontravam guarida e incentivo. Ela apoiou Mauro na decisão de se casar, insurgindo-se contra Zé. Era condescendente com a Celeste, que pelos padrões vigentes passava da idade para um casório, não a pressionava. *"Deixe* estar, filha, escolha quem você quiser, se quiser e quando quiser". Contrafeito, Galdino implicava: *"Vai ficar pra titia"*. Celeste retardava o mais possível o propósito de se unir pelos sagrados laços do matrimônio. *"Sagrados laços? Pois sim! A mim é algema. Isto na melhor da hipótese. E na pior, suavizada, os tais laços são arreios mesmo. Mas, como não tem jeito. Este é o nosso destino, como diz o pai, vou adiando. Ou melhor, vou andando e cantando"*, respondia quando lhe cobrava a falta de pretendentes e a demora das bodas. E completava. *"Não quero nada com Santo Antônio, por enquanto. Não tenho pressa"*.

"O que tem no baú, Cina? Não somos gatos, mas confesso que estou morrendo de curiosidade. E a comadre também", impacientava-se Gertrudes. Próxima ao fogão, Danaide, fazia mais café. Patrocina sorvia aos goles a bebida quente, forte e bem doce, que fora servida em canecas de ágata, deliciava-se com a impaciência das mulheres. *"Bom, o baú pertence à Bará, contém segredos e as chaves dos segredos"*.

Perguntas desenhavam as feições curiosas, as duas observavam a matriarca sem entender. *"Olha, paciência tem limites. Chega de mistérios. Na arca tem mais presentes para Bará? Você já lhe deu tantos. O que mais teria aí dentro? Já sei, você quer que adivinhemos! Não, não é só para abrir no dia da festa. Melhor ainda, é para nos matar, mesmo, de curiosidade"*. Agastava-se a nora, se a sogra não quisesse revelar o conteúdo do baú, nada a convenceria a fazê-lo. *"Você quase acertou. Mas é para ser aberto depois da festa, temos que preparar a menina para receber o presente"*.

Dirigiu-se calmamente até o quarto da nora e, de uma das malas que trouxera, retirou um saquinho de pano roto preto, desamarrou o cordão de sisal que o fechava, em cinco voltas e sete nós. Desfazendo as amarras, tirou três chaves antigas, atadas a fitas nas cores preto, vermelho e branco, desbotadas pela ação do tempo retornou à cozinha, postou em pé, na cabeceira da mesa, de costas para a vidraça ampla que iluminava generosamente o ambiente. A luz banhava-lhe o dorso e espalhava-se em fachos sobre as outras duas mulheres sentadas observavam, sem proferirem palavras, uma ao lado direito e a outra do lado esquerdo.

"Aqui está. São as chaves de Bará", anunciou, solene. Curvou ligeiramente o corpo, segurou o velho cadeado, escolheu uma das chaves, um clique suave ressoou. Esguia como a palmeira, apesar da idade e agruras da vida, exibia elegância dinástica, imponente. Ao abrir a tampa da arca, contemplou o conteúdo. Proferiu palavras de celebração da vida, aprendidas de mãe para filha, Há tempos perdidas no tempo. Ela, a última guardiã a conhecê-las, se não as transmitisse perder-se-iam no mesmo tempo que as guardou. Deveriam ser passadas, oralmente, como um sopro de verdade, com a anuência das antepassadas e a força do vento. As energias das mulheres de várias gerações que se entrecruzaram na linha do destino vibravam naquelas poucas frases, misturadas em distintos geograficamente dali, mas presentes na genealogia interna de cada descendente. Celeste não lhe quis ouvir. D. Cina acreditava que a neta, esperta e curiosa, certamente compreenderia o valor daquele tesouro. Ao abrir o baú, escancaravam-se as linhas de pertencimento de todas. Segredo, sabedoria franqueada a poucos, hora de o vento sussurrar histórias-verdades.

Desde o nascimento de Velma, Patrocina avaliava sobre a transferência do legado, chegando a imaginar ser ela, a mais nova, herdeira dos conhecimentos. No entanto, a certeza de ser outra a escolha das ancestrais se fortaleceu nos recentes fatos sobre as peripécias da menina mencionados por Gertrudes. Antes da viagem a Esperança, ao verificar o baú com as relíquias, percebeu brilho intenso saindo do seu interior. Como em um filme vivo, ela via Bárbara nascendo, suas várias fases de vida; a eterna e inconfundível fita-borboleta na cabeça, transmudava cortes. Transmutada em borboleta arco-íris, alçava voo, rodeava a arca, em acrobacias aéreas graciosas, sobrevoava circundava o corpo infantil e alojava-se nos cabelos pretos trançados. Ali, pousada, as asas movimentavam-se suavemente. *"Uma visão",* diriam alguns. Acostumada a vivenciar tais fenômenos, a matriarca, longe de assustar-se, decifrou tudo aquilo: *"Mensagem das antepassadas!"* balbuciou baixinho. *"Preciso tomar providências. Está urgente!".*

BAÚ DE SABEDORIA 13

As espectadoras, Gertrudes e Danaide, se entreolhavam surpreendida, enquanto solenemente, como a cumprir um ritual, Patrocina abria a canastra e retirava três baús menores, envoltos, cada um, em panos pintados a mão, figuras geométricas ricamente ornamentadas nas cores vermelha, preto, amarela e branca. Em um dos panos se destacava a cor vermelha de um vivo sangue, no outro, reluzia o preto, prateado cintilante de noite de lua cheia; no terceiro pano, o branco se distinguia sem mácula, como se acabasse de ser alvejado por lavadeira caprichosa, harmonizando-se em brilho com o amarelo. Ao remover os tecidos, revelaram-se artefatos, tratados com desvelo, resplandecente como se acabassem de ser polidos, nenhuma partícula de poeira maculando as peças de aparência antiga. O formato era retangular, esculpidos a mão em madeira jacarandá, ostentando, em relevo, desenhos semelhantes a gravuras rupestres, com figuras humanas e de animais, principalmente pássaros.

Abriu o primeiro baú, pronunciava baixinho as palavras ancestrais, com desvelo e respeito. Revelou-se o que resguardava em seu interior; uma escultura de mulher talhada em terracota, em tons alaranjados, do tamanho de um palmo. Símbolo de fecundidade, concebida no estilo de quem a modelou, com ventre avolumado, seios fartos, apoiados em ambas as mãos, mamilos apontados para frente, oferecendo-se a amamentar o mundo. Emanava, plena, o poder absoluto existente em todas as mulheres, e somente nelas: o de procriar; Gerar, em suas entranhas, um novo ser à semelhança de sua espécie. Esculpida na postura de cócoras, os joelhos tocavam o solo, pernas entreabertas como se, a qualquer instante, fosse sair uma nova vida de seu útero. A fronte estava voltada para um céu hipotético, infinito e fecundo. Imagem do puro êxtase da criação. O mistério da procriação, que intriga a humanidade desde épocas remotas da civilização, estava ali representado numa precisão de traços emanando verdades ancestrais. Ao olhar a estatueta, mistérios eram desvendados, falsas filosofias se desmistificavam. Ao olhar, apenas, sensações despertavam, a sabedoria dos tempos se ressignificava na razão de ser.

Como quem celebra o sentido da vida, Patrocina, silente, vislumbrou um lugar imaterial onde reside a essência e o significado da existência humana. Cautelosa, colocou o segundo baú sobre a mesa, abriu-o, soltando a tampa das traves de sustentação. Enigmática, segurou a respiração, recitava ladainha baixinho, enquanto admirava o conteúdo e, com mãos habilidosas, retirou com cuidado outra escultura, em tons variantes de cinza esverdeados. A mulher representada em pedra sabão se mostrava imponente, a mão esquerda espalmada tocava uma rocha triangular de superfície rugosa com várias reentrâncias. O topo pontiagudo da pedra apontava o mesmo céu hipotético que a primeira figura, parecia avistar, em êxtase, algo inefável. A mão direita pousava sobre a cabeça de um grande felino, entalhado com precisão e maestria; atinava-se ser a poderosa pantera negra. A mulher estava em postura ereta qual rochedo. Cabeça adornada com elmo trabalhado em formato estilizado de pássaro, com uma parte recobrindo o rosto, qual máscara, numa harmonia inusitada. Bico de ave curvilíneo e alongado apontando para o horizonte, olhos em formato assemelhado a pequenos búzios, vazados em orifícios. Fronte angular, simétrica ao bico, arredondava-se em direção à extremidade superior do corpo-estátua. A estética das asas intrigava, elas brotavam ao longo da fronte, avançavam estendidas para trás da estrutura da cabeça, numa curvatura angular semelhante as das grandes águias, prestes a alçarem voo a qualquer instante. Uma excitante simbiose, perfeita, unindo a leveza dos pássaros com a longevidade e resistência da rocha.

A pedra sabão em que a figura fora composta emanava energia por todo o ambiente. Material escolhido propositalmente pelo escultor, não só pelo seu manejo mais fácil ao cinzel, mas provavelmente por ser ácidas, resistindo à temperatura de extremo calor e extremo frio, como também às exposições e mudanças de condições atmosféricas durante séculos. A estatueta possuía as propriedades de pedra: absorver e reter o calor produzido por qualquer fonte de energia, vegetal, animal, gás e energia elétrica, propagando-os rapidamente, sem chama e sem ficar aquecida. A escultura-pedra guardava símbolos poderosos, eficiente e emblemática, fonte e veículo de elementos misteriosos, transmitindo a quem a possuísse poderes de circular entre o passado e o presente e se projetar ao futuro. Somente mulheres singulares poderiam tocar na estatueta, transportando ao objeto o magnetismo e os preságios que compõem a vida. Em contrapartida, herdaram os legados nela armazenados.

    A terceira escultura, fundida em ferro, caracterizava-se igualmente pelo capricho e requintes das outras duas. Imagem eternamente em guarda, postura guerreira para a defesa e o ataque, o olhar a percorrer o infinito à frente. A estrutura delgada pressupunha uma agilidade admirável, as pernas rígidas, eretas transmitiam sensação de movimento, os pés um tanto afastados, o direito atrás e o esquerdo à frente, o joelho ligeiramente flexionado, como ginga de capoeirista. A coxa firme transparecia por entre a fresta do pano, atado à cintura por um pingente de forma de chifre de cabra. Seios pequenos e nus, livres das amarras, os mamilos enrijecidos, a trocar afeto com o ar. Na mão direita empunhava uma espada assemelhada a alfanje, lâmina como garra de leão, porém larga. Apesar das dimensões em miniatura, era possível observar pequenas ranhuras, na parte inferior da arma. Em relevo, viam-se luas, estrelas, sóis e linhas sinuosas, representando mares e rios. A partir dela, deduzia-se a possível linhagem e o grau hierárquico da combatente guerreira ancestral. A ponta da espada era em formato de meia lua, com a extremidade alongada e aguçada, apropriada em atingir alvos imóveis ou a galope em posição contrária.

    A mão esquerda segurava um escudo redondo, com quatro círculos fendidos, propagados a partir do centro, onde ressaltava uma espécie de punhal, em foram de sete-ponta-de-lança aguda. Apesar do material resistente e rijo no qual foram feitas as ranhuras em círculos, davam a sensação do efeito do remoinho de uma pedra atirada num lago. Estavam dispostos de forma a repercutirem a sensação dos movimentos giratórios de marolas que, por força de um impacto, formam ondas que se expandem a partir do ponto original onde foram geradas. Os quatro círculos simbolizavam quatro dimensões do mundo, a circularidade da vida. Ao admirar a figura da guerreira, destacada em detalhes e beleza, a sensação de proteção as dominou, tranquilizavam-nas a certeza de que nada poderia atingi-las. A tríade formada por Patrocina, Gertrudes, Danaide, vivências dispares e contraditoriamente iguais, encantavam-se, atônitas, hipnotizadas, lágrimas espontâneas, incontroláveis rolavam nas suas faces. A própria D. Cina não se fartava de admirar e se emocionar com o tesouro, a ela confiado, o qual guardava há tanto tempo. *"Olhem! Olhem bem! Desfrutem do privilégio de fitá-las na plenitude da beleza e dos enigmas da criação que elas representam. Olhem! Olhem!"*, exortava as demais.

Seduzida pelas efígies, tomada por uma força indescritível, Danaide, experimentava uma sensação que nunca ousara. Sentiu-se poderosa só em fitá-la, olhos nublados pelo vapor emitido pelas roupas úmidas engomadas e alisadas a ferro ao longo da vida. *"Sim, só podem ser deusas"*. repetia em êxtase. Na verdade, sua própria energia contida, adestrada, domesticada, fluía de seu interior rompendo a masmorra onde ficara reclusa. Explodia por dentro, *"sim, são deusas"*. Ria e batia palmas. Levantou-se da cadeira e, contemplando as divindades, caminhava de lá para cá daqui para lá, ladeando o móvel de madeira. As três numes, soberanas ao centro da mesa ao lado dos baús escancarados iluminavam o sorriso dela. *"Deusas! Deusas!"*. Rodopiou sobre o próprio corpo. As mãos calejadas e quase disformes de rodas a manivela do sarilho alisavam o próprio rosto. Num impulso, avançou para tocá-las. *"Não, não! Não faça isto! Não pode, Danaide"*, impediu Patrocina que sorria feliz e benevolente com aquela reação. *"Só a escolhida pode tocar nelas. E a escolhida é Bará"*.

"Calma! Elas realmente são divinas. São belas e fortes. E têm o poder de nos despertar. Quando me casei, Patrocina me apresentou essas estatuetas. E eu senti a vitalidade harmonizar-se aqui dentro". Gertrudes a acalmou, dando-lhe leves palmadas no lado esquerdo

do peito, na altura do coração; lhe ofereceu um copo com água e a conduziu de volta à cadeira. *"Eu me extasiei na época. E me extasio agora. Simplesmente as exibiu, sem esta solenidade toda, pedindo para eu formular um desejo. Somente um. E eu fiz. Desejo que não pode ser revelado a ninguém. Este é o motivo, comadre, porque eu nunca lhe mencionei a existência destas relíquias de minha sogra. Agora me emociono de poder vê-las novamente. Preocupo-me em saber que elas pertencem a Bará"*. Patrocina assistia ao diálogo entre as duas e sorria enigmática ao ouvir a confissão de Trude.

Paciente e ainda em pé à cabeceira da mesa, falou: *"Na época, Trude, eu só tinha permissão para mostrá-las e saber se os relicários lhe pertenciam. Mas, não. Apesar de haver casos, ao longo da história que eles foram presenteados a mulheres sem parentesco de sangue. Estes baús, em particular, só podem pertencer a parentes biológicos. Como eu sabia que você me daria uma neta, filha do meu filho, aguardei com a paciência que me foi concedida por elas. Elas que Danaide tão sabiamente denominou de deusas. Motivos de preocupações? Ah! Minha querida! São muitos ao longo da vida. Muitos mesmo! Mas isto aqui não deve ser motivo. Não deve ser mesmo! Quando eu as exibi a você, lembro-me de sua emoção. Recordo-me também que quis tocá-las. Eu não permiti. Lembra-se? Você ficou aborrecida comigo, não entendeu meus motivos. Eu não poderia explicar. Não podia. Mas agora é diferente. Lembra-se também que depois de vislumbrá-las, o que estava adormecido em você despertou?".*

À medida em que a sogra falava, Gertrudes relembrava que depois de defrontar com aquelas esculturas, passou a ver coisas que mais ninguém via. Fenômenos que lhe aconteciam na infância, preocupando sua mãe que a levou a benzedeiras que vaticinaram os seus dons especiais. No entanto não resolveu. Trude vivia assustada, correndo de coisas invisíveis. Foi então, levada à igreja da cidade para o padre benzê-la. Aparentemente, ela ficou curada, mas passou a ser atormentada por pesadelos que a faziam acordar suada e gritando. Aprendeu a conviver com os pesadelos tomando grandes doses de chás caseiros com efeitos calmantes. Às vezes, o temos de maus sonhos a levava a noites insones. Mesmo com efeito dos sedativos domésticos, o sono era leve, não descansava, acordava ao menor ruído. Quando presenciou na filha os mesmos comportamentos que tivera outrora, percebeu que nela se manifestaram os mesmos presságios. Mas aspirava para Bará outro desfecho do que o seu. Confiou à Patrocina, certa vez, seus temores. Ela, diferente da nora, recebeu com contentamento o que Trude chamava de esquisitices. Recomendou observação e paciência para não tomar atitudes precipitadas que prejudicariam a menina. *"É preciso entender os presentes que o destino nos reserva. É preciso saber entender. É preciso saber",* teria dito na época, enigmaticamente, encerrando assunto.

As relíquias eram de valor inestimável, não só emblemático, mas enquanto peças de arte, provavelmente, centenárias. A terracota, a pedra sabão e o ferro, três elementos de composição da natureza, manuseados por hábeis artífices anônimos. Nas formas, a magia, a leveza, o poder de realçar a sensibilidade de quem, por sorte, compartilhasse da harmonia irradiava-se por todos os poros, suavizando as rudezas da vida. As deusas guardadas nos baús despertavam em Danaide e em Gertrudes a sensação de pertencerem a um todo maior. Encantadas, sentiam-se, naquele breve instante, apoderadas de ancestralidade e capazes até de levitar. Patrocina, apesar das dificuldades financeiras que enfrentou, nunca, sequer por um segundo, cogitou em se desfazer daquele legado, seria desfazer-se da própria vida. As mulheres ancestrais eternizadas na força dos três elementos, sobre a mesa da cozinha, ao lado das canastras que lhes serviam de abrigo seguro, resguardadas de qualquer risco, atestavam o zelo, a dedicação e o compromisso de continuidade firmado por Patrocina. Bará saberia cuidar delas, com certeza, zelaria e passaria adiante, quando fosse o momento, os símbolos da energia herdada.

Ali no cotidiano da cozinha estavam sendo desvelados mistérios profundos. Gertrudes, Danaide e Patrocina compartilhavam do alimento mais rico: a sabedoria, a riqueza dos povos, cultuada e transmitida nas atitudes mais simples e na complexa estética que os artefatos, naquelas figuras femininas, simbolizavam. Saborearam não só o café, bebida quente, que por si só, desde seu fabrico até a ingestão, abarcava a argúcia ritual de povos longínquos em extrair da natureza o prazer e o estímulo em viver. Invenções relegadas à banalidade do dia a dia de uma xícara fumegante, ingerida às pressas, antes, depois ou durante compromissos inadiáveis. Elas realimentaram-se do viver, redescobrir significados, vivenciaram saberes impalpáveis. Saciaram-se. Experimentaram o efeito marola, a partir do impacto causado pela visão das estatuetas. Expandiram-se em suas naturezas, identificadas com os elementos emblemáticos, transformaram-se em donas do baú, mesmo sem possuírem ou tocarem neles.

14
CIRANDA ANCESTRAL

A tarde findava lentamente. As crianças distraíam-se com os novos brinquedos que, junto com os antigos e com os improvisados, tal como galhos de árvores, frutas suculentas ou secas, caroços, folhas, formigas, besouros e minhocas, somados à inventividade infantil, transformavam-se em mundo de aventuras. Criavam a própria diversão; peripécias incríveis e arriscadas aconteciam, os pequenos animais convertiam-se em monstros enormes e terríveis a serem derrotados em atitudes heroicas das personagens imaginadas pela garotada. O quintal era, para eles, bem maior que as dimensões e perímetros reais, o mundo cabia ali, naqueles metros quadrados e ficaria maior com a aquisição, próxima, da propriedade da Georgina. Bará, incansável nas brincadeiras e na imaginação, considerava-se possuidora de domínios sem limites que partiam das proximidades da pitangueira, abarcavam a vizinhança, e se alastraram por toda a Vila Esperança até onde a vista alcançava. Domínios esses povoados de criaturas bonitas e monstruosas, de pessoas tristes e felizes, trabalhadoras e algumas nem tanto. E pelas quais, ela, Bará, guerreira e dona do tempo, sentia-se responsável em defendê-los.

Longe da fantasia do mundo delimitado e povoado pela inventividade infantil, no interior da casa as pessoas adultas seguiam outros rumos. Zé Galdino e Celeste, exaustos pela viagem até a Esperança, dormiam à solta, o sono dos justos. *"Não tão justo assim"*, diria Patrocina se não estivesse ocupada em exibir as preciosidades contidas nas arcas às duas espectadoras atônitas e captar, através da sensibilidade, as ondas silenciosas das perguntas que as inquietavam. Era admirável constatar os saberes de D. Cina que os aprendeu e guardou, por muito tempo, determinadas em transmitir as informações armazenadas na memória com a naturalidade de quem sabe que a morte transita no mesmo fio da vida. Para entender a totalidade do significado, não bastava somente ver o conteúdo dos baús, o segredo consistia em ouvir-se de dentro para fora, arriscar-se a caminhar pelo desconhecido, abrir-se para além dos cincos sentidos, principalmente aos que não se oferecem para comprovação, mensuração ou pesagem.

A tranquila tarde de conversa de comadres se converteu em verdadeira aula de conhecimentos ancestrais. Patrocina, sôfrega, respirou fundo, sentiu-se revigorar, parecia remoçada. *"Isto não é tudo… "*, disse, movimentando a cabeça para trás, disposta a continuar. Do fundo da canastra maior retirou um embornal debruado em renda de bilros em trama delicada, compondo uma geometria perfeita no traçado do bordado, como se uma aranha a tivesse concebido e encomendado os fios para a execução ao bicho da seda. Ergueu-o acima da cabeça, Gertrudes e Danaide observavam o bordado que o contornava, formando um ideograma composto por círculos perfeitos nas cores do arco-íris, simbolizando a concepção do mundo nos quatro planos. Patrocina colocou-o sobre a mesa e, como abelha generosa, ao invés de zumbir, balbuciava: *"Yelele. Yelena. Yia. Yami. Yami yelema"*. Disposta a compartilhar, abriu o alforje devagar, expondo o conteúdo, também colorido. Assim aberto, o embornal se parecia com flor desabrochada na primavera exibindo a corola enigmática. Aos poucos, se desvendavam os enigmas de Dona Cina.

O que se via diferenciava-se dos demais objetos já apresentados. Sete bonecas de pano, medindo palmo e meio de comprimento, nas quais a semelhança com as feições humanas impressionava, parecendo vivas e respirar; bem como pelas minúcias do formato dos corpos confeccionados em tecido de cor marrom rútilo. Os braços, em perfeita proporcionalidade com o tronco, cabeça e pernas, as mãos de dedos finos alongados, unhas compridas, arredondadas nas pontas, rígidas como as de uma pessoa. Vestidas com saias rodadas, estampas em cores vivas, diferentes para cada uma, com a predominância de um tom específico. Blusas brancas, deixando os ombros nus, com detalhes em rendas de bilro, com tramas delicadas, requintadas. Um pedaço de renda costurado na diagonal do ombro esquerdo para o direito, qual uma alça, alongava-se abaixo da cintura, à frente e às costas das bonecas. Completando o figurino, torço combinando com a tonalidade das saias, encobrindo parte dos cabelos naturais e encaracolados, como se alguma mulher tivesse cedido, a bom gosto, chumaço de suas madeixas. Nas orelhas, na parte em que o turbante não cobria, despontava, pequenos brincos folheados a ouro em forma de argola. E nos pés, sapatos feitos de pano, caprichosamente formatados nos detalhes de fivela e saltos.

Calmamente, Patrocina removeu as bonecas de dentro do embornal, uma a uma, seguindo uma ordem predeterminada. A primeira denotava ser a mais antiga, pelo desgaste natural da ação do tempo. A sétima aparentava ser a mais recente, confeccionada com o mesmo requinte das anteriores. Entoando uma cantiga sincopada, D. Cina as dispôs formando uma pequena ciranda. As expressividades particulares daquelas mulheres de pano representavam emblemas de uma confraria desconhecida, como se fossem donas e depositárias de partes da história que adquiria sentido no conjunto. Com um sorriso tranquilo e enigmático decorando os lábios, apontou a boneca mais nova. *"Esta daqui é Bará, fechando a ciranda"*. Bará, em forma de bonequinha de pano, um elo que faltava para formatar o seleto círculo ancestral das donas do baú. *"E esta aqui sou eu! O último elo, até agora"*, continuou com serena suavidade. *"Estas bonecas representam todas as mulheres possuidoras destas relíquias"*. Danaide e Gertrudes, impressionadas com a responsabilidade herdada pela menina, jurariam terem ouvido sons de três toques sincopados de palmas, seguidos de cantoria em linguagem diferente, mas assemelhada as que Bará inventava. *"Ayee. Detendeee. Ayee. Larian. Barae. Barae. Eye. Eye. Delimeie donyaiovo. Dan la la Bará. Delimeie donyaiovo Ayee. Ayee"*. Acompanhando, ouviam-se instrumentos de percussão, feito de pedrinhas, sacudidas dentro de cabaças, e sons de pés atritando a areia beira-mar, combinados com tanger de acordes monocórdios agudos.

"Pronto, agora não tem mais volta, fechou-se o círculo!", afirmou Patrocina, sentando-se, enfim, cansada como se tivesse percorrido séculos. *"Bom, Gertrudes, a minha*

responsabilidade está se findando. Pelo menos nesta terra. Do outro lado, a gente não sabe". Soltou uma gargalhada mista de alegria e melancolia. *"Tenho que lhe dizer isto. Quando eu me for. O momento não se sabe, Pode ser agora."* Sorriu, perscrutando o efeito que suas palavras causavam. *"Pode ser amanhã. Depois. Ou quem sabe? Não importa... Quando eu me for desta para melhor. Você tem um dever a cumprir. Está vendo estas bonecas? Elas irão comigo. Não todas, ao total são sete. O círculo se fechou. E não pode se fechar. Você vai pegar estas daqui..."* Segurou cinco das bonecas deixando de fora a de Bará e a que a representava. *"...Estas aqui irão comigo. Você irá acomodá-las. Fiz um bonito taier branco com bolsos internos, um para cada uma, debruados com as estampas das saias de cada boneca. Você irá colocá-las no lugar predeterminado, em segredo. Escondido, ninguém mais poderá fazer isto. Só você, Trude. Só você. Danaide vai guardar este segredo. Não vai? Sei que vai. Você, Danaide, sabe das coisas. É detentora de energia que desconhece. É uma pena! Esta energia vai ficar presa dentro de você. Mas sempre é tempo, Danaide. Sempre é tempo. Enquanto há vida. Há tempo".*

Ao encerrar o argumento, olhou fixamente nos olhos de Danaide que se arrepiou inteira. Sentiu um calor percorrendo-lhe as costas, inundando o coração e iluminando a mente. Só sendo possuidora de alguma coisa, sem explicação, para estar viva depois de tantas agruras na infância e na adolescência. A vida adulta não teria sido melhor nem o casamento com o Onofre, como escape dos dissabores da casa dos pais. Mas afora ter sua própria casa para limpar, a mudança não significava alívio e felicidade, continuava a lavar e passar as roupas dos outros. Só mesmo uma energia especial para não ter sucumbido. Nas palavras de Patrocina sentiu conforto. Danaide desejou saber como soltar a potência represada dentro dela, para além do vigor de carregar pesos na cabeça. Desejou. Desejou muito, no fundo do coração, talvez fosse tarde. Talvez tivesse calejado por dentro. Talvez a sua mão deformada pelos calos e ferida pelos produtos de limpeza fosse um reflexo do que corroía por dentro. Depois daquela tarde na qual conviveu com os encantos das relíquias de D. Cina, não seria mais a mesma. Guardaria os segredos, mas um pressentimento a assolou: *"Patrocina se despedia da vida"*. Não gargalhou, como de costume quando as emoções a invadiam. Calou a tristeza.

Apreensiva, Gertrudes, intuitivamente, adivinhava o significado da abertura dos baús para a sogra, para ela e para a filha Bará. Algo como: a sorte está lançada! *"Você está se despedindo da gente?"*, perguntou com a voz embargada e espremida num soluço retido. Queria confirmação da matriarca para os seus pressentimentos. *"Você está doente? Não falou nada para ninguém"*. Sem conter a ansiedade, emendava uma pergunta na outra sem dar a chance para a resposta, o seu nervosismo contrastava com a tranquilidade de Patrocina. *"Gertrudes, querida! Nós sabemos quando é chegada a hora. É chegada e pronto. Não tem choro, nem vela. Não estou doente. Estou bem e feliz. A vida não me deu o que eu quis. Mas me deu a vida. E viver é isto. Pensando bem, não quero falar mais sobre isto. O que tinha que ser dito já foi. Você sabe o que fazer, não esqueça. Ah! Mais uma coisa, o círculo reabre com estas bonecas aqui: Eu e Bará e as que vierem depois dela. A continuidade depende dela. É muito criança para isto? Sim, é. Mas você e o mundo se incumbirão de fazê-la crescer e entender que nada, absolutamente nada começa do nada. Somos as histórias acumuladas no tempo"*. Recolheu os objetos espalhados sobre a mesa. *"Agora chega! Tivemos uma tarde interessante. Não estávamos sós, elas, todas elas estavam aqui compartilhando conosco descobertas e ajudando a compreender"*. Trancando os baús, guardou o chaveiro, retirou-se para deixá-los em local seguro.

As crianças adentraram a cozinha, fazendo algazarra, logo atrás Mauro retornava do trabalho, sorria carregando Velma por sobre os ombros. Satisfeito pela presença dos pais e por ter a casa cheia de gente, para ele, sinônimo de felicidade e prosperidade. *"Estou vendo que as senhoras ficaram de prosa. A janta hoje vai demorar"*. Primeiro beijou a mão da mãe em atitude respeitosa, depois a esposa naquele conhecido ritual beijo-framboesa. Sentiu a diferença do sabor, o contorno da boca da amada, recendia o café e a bolo de fubá. *"Ha! andaram festejando. Não guardam um pedaço desta gostosura? Parece estar bom. Ainda bem que Trudinha conservou um pouquinho do sabor nos seus lábios. Pensando bem, prefiro provar aqui mesmo"*. Fez menção de beijá-la novamente. *"Tenha modos, Mau" Não iríamos esquecer o dono da casa. O seu pedaço, assim como o do seu pai e de Celeste, está guardado"*, interrompeu D. Trude empurrando de leve o marido e trocando olhares cúmplices com a comadre e a sogra. Maura estava troçando com elas, gostava de fazer isto, principalmente longe da presença austera de Zé Galdino. Continuou a falar em tom espirituoso: *"Ih, comadre, o compadre deve estar lá na sua casa espumando pela boca. Está atrasada. Já sei, a prosa estava boa mesmo. Nem viu passar as horas. Bom, fica aí para jantar com a gente. Não se preocupe com o compadre".*

Antes mesmo que Danaide protestasse e recusasse o convite, Mauro estava à porta: *"Suelma, Ézio!".* Chamou as crianças mais velhas que se distraiam com o novo jogo, presente de Patrocina. *"Vamos lá buscar o compadre para comer do feijão".* E se dirigindo às três mulheres empenhadas em finalizar a feitura da refeição: *"Fiquem tranquilas, o compadre deve estar bravo, mas não vai morder não. Olha, põe mais água no feijão. Acorda o pai e a preguiçosa da Celeste. Moro longe, mas não é outro mundo. Acho que já deu para descansar bastante. Vamos crianças!".* Quando Mauro voltou com Onofre, visivelmente contrariado, sob o efeito da bebida extra que ingerira, furioso com o atraso da mulher, a mesa do jantar já estava posta. Sentia-se do portão o cheiro do tutu à mineira, couve, torresmo e bisteca de porco, estimulando o convidado de última hora a trocar os resmungos de fúria contida pelo ronco estrondoso do estômago ao vislumbrar as iguarias preparadas.

Ótimas cozinheiras por profissão e por gosto, Patrocina e Gertrudes transformavam qualquer prato trivial em banquete das deusas. Danaide auxiliava, mal disfarçando o temor da reação do marido, brutalizado pela vida dura e por espancamentos na infância. Tranquilizou-se quando o avistou entrando na cozinha, com o eterno chapéu sobre a cabeça, as mãos acariciando o abdômen, antecipando a satisfação em degustar aqueles pratos. Celeste, um tanto sonolenta, fazia o aperitivo, espremendo o limão com o açúcar num pequeno pilão de madeira, ajudada por Zé Galdino que, como sempre resmungava, desta feita com as crianças, incontroláveis, ansiosas e famintas. O vozerio alto, eufórico de todos, inclusive do recém-chegado, dava o tom de festa àquela reunião familiar e de compadres.

LUFA-LUFA DE FESTA

Sábado, dia de meio expediente no comércio da Vila, a presença dos parentes não alterou a rotina de Mauro: de madrugada, dirigiu-se ao trabalho, pilotando a inseparável Ximbica. Voltaria ao lar logo após o almoço, a tempo de ajudar as mulheres, preparando o quintal, colocando mesas, toldo, cadeiras, bandeirinhas e lâmpadas coloridas e providenciando as barras de gelo para as bebidas e comprando alguma coisa de última hora. A quitanda, sortida em gêneros alimentícios, qual uma mercearia, fornecera o necessário para o fabrico das guloseimas, doces e salgados, mas sempre surgia um item esquecido, uma providência a ser tomada. Gertrudes, responsável pelo feitio do bolo: *"Bem grandão! Bem bonito!"*, como recomendara a filha, separava, com capricho redobrado, os ingredientes necessários: ovos, farinha de trigo, fermento, frutas para o recheio. Faria um de quatro andares, decorado com glacê batido com a clara de muitos ovos, quase um bolo de noiva. As sete velinhas sobre ele indicariam que fora confeccionado para a comemoração do aniversário de criança.

Patrocina responsabilizara-se pelos salgados de todos os tipos, disputava com a nora o espaço na cozinha. Sobre a mesa, dispostos em travessas, algumas delas emprestadas pela vizinhança, exibiam os ingredientes mais diversos, separados de acordo com o caráter distinto e a destinação. As farinhas para massas de empadas, coxinhas de frango, croquetes, de um lado. As aves, mortas e depenadas, para o preparo de recheios de outro lado. As carnes a serem cozidas para o preparo de sanduíches, ao lado das aves. Os tomates bem maduros para o cozimento e se transformarem em molho, postos à frente das carnes. Os pimentões vermelhos, verdes e amarelos, cada cor em travessas diferentes, separados pelas tonalidades. Cebolas roxas grandes compartilhavam o mesmo recipiente com cabeças de alho-poró e alho-roxo, ladeados por bacias de alumínio, como vasos ornamentais, com maços generosos de cheiro-verde, coentro, cebolinha e manjericão. Duas pequenas bandejas abarrotadas: uma com azeitonas pretas, a outra com azeitonas verdes, compondo ainda esse arsenal culinário potes com pimenta do reino, alecrim, orégano, cominho. Segredos de cozinha que D. Cina utilizava com maestria.

O colorido da disposição dos alimentos se assemelhava à paleta de pintor, festa de cores inebriantes. Aromas diversos de várias especiarias preenchiam o ar, antecipando sabores acre-doce-picantes, incitando o paladar, excitando a gula. Bará e os irmãos, empolgados com a agitação do dia anterior, previam mais novidades e aventuras. Naquele dia especial não queriam perder os preparativos da festa, pulando da cama sem necessidade de serem chamados. Velma e Ézio dispensaram a preguiça matinal, expressada no rotineiro ritual de resistência em sair do quentinho da cama e o apelo diário: *"Ah! Mãezinha deixa dormir mais um pouco. Só mais um pouquinho, vá!"*. Com a sonolência impregnada no timbre infantil da voz. A eles, assim como às outras crianças, caberia a tarefa de enrolar as balas em papéis de seda rosa e azul, franjados numa das pontas e moldar em pequenas bolas as massas doces preparadas e depois ornamentá-las com pequenos detalhes específicos a cada iguaria. Aos beijinhos, mistura de coco ralado, cozida lentamente, com leite e açúcar, cada um levaria um cravo da índia como enfeite. Os cajuzinhos, doce feito com pasta de amendoim, moldados imitando o formato do caju, receberiam um grão na ponta qual caroço, aproximando a aparência da fruta. Os brigadeiros, delícias feitas com chocolate em pó, sobre eles ainda mornos, depois de enrolados, seriam espalhados granulados.

Era uma empreitada aparentemente trabalhosa, mas para a garotada era uma missão especialmente saborosa. Inventaram competição, da qual sairia vencedor quem conseguisse fazer mais em menos tempo. O auge da diversão consistia em ingerir, sem que os adultos percebessem, o maior número de guloseimas antes de dispô-los em forminhas de papel. As comemorações organizadas por Mauro e Gertrudes tornaram-se famosas na Esperança: fartura, alegria, boa música de vitrola e de cantorias. Os espaços da casa, sala, cozinha, quintal; tomados pela vizinhança, amigos, vizinhos, parentes e oportunistas de última hora, tornavam-se pequenos. A rua em frente da moradia transformava-se na extensão do prazer do festejo. Nesse dia especial, a fiel escudeira Danaide sempre disposta para o trabalho, era imprescindível. Ouvia-se de longe o seu riso gargalhado anunciando a sua chegada. Carregava no colo, como sempre, o filho Tércio. Na expectativa do burburinho da preparação da festa, impacientava-se para se libertar dos braços protetores da mãe, confortável e providencial transporte, quando as pernas infantis empatavam a caminhada, descompassando o ritmo apressado das passadas maternas. Suelma, por sua vez, excitadíssima, galgou os degraus da escada, pulando-os de dois em dois.

    Gertrudes, Danaide, Patrocina e Celeste esmeravam-se em fazer o melhor sem atropelos, tudo ao seu tempo. Os reforços foram chegando, algumas vizinhas e freguesias logo se integravam nas azáfamas, preparando e cuidando de todos os detalhes. Um vai-e-vem, um entra-e-sai danado. Dona Bizoca vestiu um avental que mal cobria seu corpo largo e fogoso e, rápida, foi varrendo, limpando, lavando. Até a mulher do Sargento Azeitona, driblando a vigilância ciumenta do marido, apareceu, juntou-se aos menores, enrolando e comendo doces. *"É bom ver você aproveitar os doces agora, talvez mais tarde o Sargento ciumento do jeito que é a proíba de comparecer"*, pilheriava D. Bizoca, desferindo tapinha amistosa nas costas dela, empunhando a vassoura como uma das mãos. Pelo vozerio alto, entendia-se que a trabalheira, para elas, consistia em diversão antecipada: colocar as fofocas em dia e trocar as confidências dos detalhes íntimos da vida de casadas e de solteiras, cifrando os pormenores mais picantes para dificultar o entendimento das crianças.

    Mesmo com a conversa cifrada, Bará prestava a maior atenção; o significado lhe escapava, mas guardava consigo as palavras. Depois, em outra oportunidade, perguntaria com a maior inocência: *"Mãe, o que quer dizer buchuda?"*. Diante do espanto da progenitora em descobrir onde ela ouvira a expressão, explicava: *"Ah! Mãe, eu ouvi a D. Bizoca dizer que a filha da D. Zica, aquela que sempre compra tomate na quitanda, ficou buchuda do filho da Georgina. E o Seu Tonho, pai dela, ficou muito bravo e mandou ela para fora de casa. O que é buchuda, mãe? O que é? É doença que pega nos outros? Por isso, Seu Tonho mandou ela embora? Para não pegar nele e nos filhos deles? Nheim, mãe?"* Gertrudes, desconcertada, negava-lhe a informação que remetia às agruras da mulher no mundo feito pelos homens. Desejava prolongar-lhe o mais possível os encantos da infância. *"É coisa de adulto. Filha esquece. Pare com esta mania de ouvir conversa. É muito feio! Quando você crescer, vai saber. Você tem muito que aprender. E nem sempre a vida é bonita. Às vezes traz sofrimentos. Vai brincar".*

Ao lhe ser sonegada a resposta, a curiosidade de Bará só aumentava. Imaginava, inventava significados estapafúrdios para as expressões ouvidas. Naquela profusão de alimentos, panelas e mulheres falando pelos cotovelos, a lista de dúvidas e perguntas não parava de aumentar. Tantas novidades de assuntos para o seu mundo infantil entender. Inquieta, incansável, indiscreta, atenta, registrava tudo em sua memória. D. Trude que aguardasse as próximas semanas, ela a bombardearia com questionamentos de ingênuos a constrangedores. Afinal as vivências desfilavam ali, camuflando-se fragilmente em cifras, gestos e meias palavras, exibiam-se sem pudores à percepção da criança, nas malogradas dissimulações dos detalhes mais apimentados. Bará, atenta a cada palavra, fingia estar entretida nas divertidas tarefas junto com a gurizada, sob a coordenação atenta de Celeste que as impedia de ingerir doces em excesso, prevenindo os prováveis desarranjos intestinais e estomacais.

Emocionava-se com os preparativos da festa de seu aniversário de sete anos. Sonhou com aquele momento desde os cinco anos e meio. As festividades de seus seis anos foram bonitas, mas modestas. Esta, prometida pela avó e a mãe, e ansiosamente aguardada por ela contando cada minuto e segundos. Perguntava, exigia o bolo bem grandão, do tamanho dela: *"Assim oh, deste tamanho!".* Abria os braços, o máximo possível, determinando a largura, depois invertia o ângulo, uma das mãos em direção ao céu e a outra em direção a terra: *"Assim oh, bem grossão!".* Indicando a altura. *"Bem bonito! O mais bonito de toda a minha vida!".* Amenizava o tom de exigência, com um abraço afetuoso, para não desafiar a autoridade materna e não aparentar grosseria e atrevimento. O olhar, misto de súplica e ordem, cuidadosa. Acautelava-se, na astúcia infantil, para não provocar contrariedade, o que poderia ser desastroso aos seus intentos. D. Trude, gentil e maternal, não admitia afrontas dos filhos, nem de quem quer que fosse. Tolerante, mas quando se irritava, o tempo fechava, transformava-se em fera assustadora, no entender ingênuo de Bará.

Gertrudes, espectadora, excitada, atenta, era hábil na arte de manejar os utensílios de cozinha, ofício que executava desde os oito anos de idade. A princípio por imposição da divisão de tarefas que a necessidade obrigava, por pertencer à família numerosa composta na maioria por homens. Depois, por profissão, no emprego de doméstica, onde apurou a técnica de realizar verdadeiras magias na mistura de ingredientes, proporcionando ao paladar prazeres inusitados. Ao esmerar-se no preparo da iguaria solicitada por Bará, além da satisfação, a tensão lhe dominava a ação. Impressionada com o baú presenteado pela D. Cina à filha, os pensamentos girando em inquietações disfarçadas nos gestos precisos, volta e meia desconcertava-se, por conta das sensações experimentadas na tarde do dia anterior. *"Que poder Patrocina conseguiu guardar em segredo por tantos anos?",* balbuciava, observando a sogra um tanto estabanada, preparando o recheio dos sanduíches. *"Olhando assim não dá para desconfiar ser ela possuidora de tão valioso tesouro. Guardamos tanta coisa nesta vida! Quem diria? Às vezes o segredo é a grande arma de sobrevivência!"*

Quatro assados retangulares, empilhados um sobre o outro, entremeados por camadas generosas de recheios, geleias de amora, abacaxi e goiaba, formando estrutura cuidadosamente colocada sobre um tabuleiro decorado com papel laminado prateado. Gertrudes contemplava a obra culinárias, perfeita sem irregularidades, só faltando cobrir, tarefa delicada que exigia o máximo de atenção, mesmo para alguém experiente como ela. Ocupava-se em quebrar os ovos, separar as gemas das claras, colocando-as em uma travessa, cuidando para nenhuma gota de gema cair na mistura. Ensimesmada em pensamentos, preocupada com o futuro de Bará, se confundiu, uma gema inteira se desmanchou, caiu na travessa, tingiu de amarelo o branco transparente das claras, comprometendo o ornamento, descuido que poria em risco a feitura do glacê. Perturbou-se, mas, conhecedora dos segredos culinários, imediatamente cortou um limão e o espremeu na tigela, passou a confeitar. Torcia para que a adaptação com o limão surtisse bom resultado, não queria decepcionar. Bará atenta vigiava as ações da mãe, intuindo que algo não estava certo.

"*Mãe, algum problema? Meu bolo vai ficar bonito. Não vai? Ele ainda tá feinho. Mas, vai ficar bonito, como eu pedi, não vai?*", indagava, quase choramingando, não acreditando que Gertrudes conseguiria transformar aquela massa escorregadia que teimava em não se ficar na base em algo bonito e comestível. "*Feio assim eu não quero. Eu pedi um bem bonito. Este está bem-feito. Não quero. Não quero. Não quero*". Bará resmungava baixinho. Ao perceber o descontentamento da aniversariante, chamou-a, afagou maternalmente os cabelos trançados, beijou-lhe a testa, abraçou-a maternalmente, enquanto cochichava em seu ouvido, sem que as outras mulheres presentes escutassem. "*Filha, eu prometi. E vou cumprir. Acredita na mamãe. Vai ficar lindo*". Falava para tranquilizar, odiaria decepcioná-la. Mas o glacê não colaborava, escorria teimoso e a convicção de Trude se esvanecia.

"*Acalme-se. Vem comigo! Vamos colher rosas*". Saíram rumo à entrada lateral do terreno. Bará, de mãos dadas com a mãe, sem compreender no que aquela atitude colaboraria para um bolo feio ficar bonito. Obedeceu, contento lágrimas de desapontamento. Gertrudes, segurando um pequeno cesto, parou em frente à roseira carregadinha de rosas miúdas cor-de-rosa. Dos galhos pendiam pencas de flores, espalhando beleza em colorido e perfume por sobre a cerca divisória, limitando a propriedade com a da finada Georgina. Ordenou, com olhar terno, mas decidido a não aceitar recusas, que a menina segurasse o cesto enquanto, com gestos resolutos, colhia a penca de flores, cuidando para não se ferir nos pequenos espinhos. Eram rosas as quais cuidava com desvelo, nunca permitindo que as apanhassem para compor as animadas brincadeiras de coroação de rainhas e princesas, no reinado do quintal. Aos poucos, o balaio enfeitava-se na tonalidade das pétalas rosa-claro com detalhes em branco.

Em passadas firmes retornaram à cozinha, carregando o cesto de flores pela alça. A menina, inconformada, olhava aquele feio confeito, a cobertura derretendo como sorvete. *"É, mãe, eu e a senhora fomos colher flores para disfarçar. Mas, o bolo não mudou. Está derretendo. Está até mais esquisito ainda".* A frustração pontuando a voz de choro. Gertrudes afagou-lhe o rosto, enxugando uma lágrima, sorriu decidida: *"Bará vá descansar um pouco. Você, seus irmãos e primos já ajudaram bastante. Agora é com os adultos. Danaide vai ajudá-los a ficarem bem bonitos. E você hoje é a princesa. Fique calma, eu prometi e vou cumprir. O seu bolo será o retrato da primavera. Mãe erra, mas acerta. E cozinhar é assim mesmo. Agora vá. Deixa comigo".* Encerrou a fala beijando-lhe a testa. Pediu a todas as ajudantes se retirarem e se aprontarem para a festa. No recinto, ficou só com Patrocina. Contrafeita, Bará saiu e deparou com sua madrinha Elza, abarrotada de pacotes embrulhados para presente. Alegrou-se, abraçou-a, curiosa para abrir os embrulhos, mas inquieta, balbuciou de si para si: *"Será que mamãe vai conseguir?"*

"ESPERANÇA DA VILA"

A festança na casa dos quitandeiros obedecia à dinâmica própria daqueles que lutam no cotidiano para garantir a dignidade da sobrevivência, construindo sonhos de melhorar a situação adversa na qual a vida os confinara. As oportunidades para comer, dançar e rir à solta surgiam de vez em quando, nos intervalos da labuta. Esbanjar alegria mesmo, só nas festas que os donos da Quitanda da Vila Esperança propiciavam, nos aniversários dos filhos, quando não economizavam. Eles ofereciam tudo do bom e do melhor, nos comes e bebes caprichados. O maior respeito, sem brigas ou altercações, por mais que as cervejas e as batidas, das mais variadas, corressem soltas, sem mesquinharias. Depois da preparação, chegara a hora. Por alguns instantes, a casa ficara vazia, sem o auxílio dos ajudantes. Gertrudes e Patrocina, na cozinha, davam o toque final nos quitutes. Mauro, no quintal, conferia a decoração, sorriso satisfeito com o resultado. Bolas de ar coloridas e bandeirolas de papel de seda multicores, estendidas em barbantes enfeitavam o interior e o exterior da casa até a altura da mangueira. As lâmpadas, instaladas pelo Wilson eletricista e que na época das quermesses juninas adornavam a torre da igreja, foram emprestadas para alegrar a festa de Bará, salpicariam a noite com pontinhos brilhantes de cores diversas.

Preparada para recepcionar os convidados, Gertrudes trajava, no maior estilo, vestido que se ajustava ao corpo roliço e realçava as curvas sensuais. Confeccionado em tecido de estamparia delicada e ao mesmo tempo vistosa, com detalhes de pequenas flores vermelhas, corte perfeito, impecável, obra de Patrocina que conhecia o ofício. O modelo decote em v, não muito profundo, insinuava desnudar o arredondado dos seios, ainda rijos, apesar de terem amamentado três filhos. Os pés calçados em confortáveis sapatos vermelhos, de salto alto, presenteados pela sogra. Os cabelos encaracolados, pretos, brilhantes, recendiam a perfume de flores de campo. Presos atrás da orelha esquerda por fivela em formato de rosa na cor vermelha, circundada por incrustações em madrepérolas. Estava linda, não se percebia vestígio do cansaço dos preparativos, sorria ao contemplar o resultado do esforço conjunto. Os alvos dentes resplandeciam em contraste com os lábios framboesa e impulsionados pela felicidade.

Impecáveis, os rebentos, nos trajes novos feitos pela avó em pano de primeira: *"Estão muito alinhados. Coisa de grã-fino!".* Diria Danaide ao terminar de aprontá-los. Bará, por ser a aniversariante, estava radiante, sentia-se, mais que nunca, importante, dona do tempo, todos estavam ali por ela. Assemelhava-se a uma bonequinha, vestido rodado passado e engomado no esmero. Os sapatos com tiras de couro bem fina, com fivela dourada e um laço de gorgorão com as mesmas cores da vestimenta. Nos cabelos, duas tranças grossas presas a laço de fita que, mais do que nunca, parecia borboleta querendo alçar os céus em voo livre. Brincos pequenos e delicados, formando conjunto com a pulseira, no formato de vários corações interligados por dois elos de fina corrente confeccionados em ouro, presenteados pela madrinha Elza. Mauro livrou-se do avental azul de quatro botões brancos, costumeiro uniforme do dia a dia que usava sem camisa, deixando à mostra parte generosa do dorso forte, por musculação involuntária carregando os pesados caixotes com víveres. Esmerou-se os cabelos escovados para trás com a ajuda de brilhantina perfumada a lavanda, barba bem aparada e escanhoada recendendo a loção. Calça risca de giz, camisa branca impecável, cinto e par de sapatos pretos que brilhavam qual espelho, resultado de um engraxamento caprichado.

Os convidados começavam a chegar aos poucos, uma mistura de perfumes e cores foi tomando conta da casa. *"Nossa, as roupas de domingo hoje ganharam o sábado!",* comentou D. Bizoca com Danaide, sem esquecer a gargalhada e os três volteios em volta de si mesma, ao ver o apuro nas indumentárias, mesmo as mais simples exibiam o cuidado na lavagem e no ferro de passar. No rosto, o sorriso, no coração o anseio da diversão garantida, os olhos gulosos deparavam com as mesas fartas, cuidadosamente arrumadas, doces separados dos salgados, e se enchiam de brilho com o tom especial da decoração: luzes, bandeirinhas e bolas de ar. A garotada exibia timidez inicial, aconselhadas pelas mães para parecerem educadas, mal disfarçavam a vontade contida a custo. *"Não sejam crianças esganadas, esperem serem servidas. Não quero passar vergonha perante D. Trude. Veja lá! Senão... vamos conversar em casa depois. Sabe né... comportem-se senão a vara de marmelo vai cantar"*. Palavras proferidas em tom ameaçador antes de subirem as escadas. Mas elas mesmas continuam-se para dar o exemplo do comportamento recomendado, muitas tentações exibiam-se aos olhares acostumados à simplicidade do arroz com feijão de cada dia.

O tempo estava firme e o céu límpido, nada atrapalharia a festança, chovera muito nos dias anteriores, dissipando a costumeira poeira; o barro das ruas fora amassado no tráfego habitual dos habitantes da Esperança e no quintal pelo passar usual dos moradores da casa. *"Lotação completa, não tem espaço para mais ninguém! Mas, Trude tem coração de mãe. Sempre cabe mais alguém. A Vila toda está aqui. Até os penetras. Com tanta gente não dá mais para saber quem foi convidado. Eu sei que os donos não se importam. Ah! Se fosse comigo! Cobraria ingresso, conseguiria uma boa bufunfa. Ah! Se conseguiria! E tiraria meu pé do atoleiro. Não dá lamaçal na Vila que este só quando o asfalto subir até aqui"*, troçava à solta D. Bizoca, fazendo dos ouvidos pacientes de Danaide o receptor predileto que, no riso frouxo, incentivava as agulhadas mordazes. Esquecida que ela mesma, Bizoca, regulava-se na fartura da festa. *"He! Danaide, cadê o Wilson e seu conjunto animado. Disto eu gosto. Sacudir o esqueleto. Balançar a roseira. Ele é feio que dói. Brancão que só ele! Quando canta fica vermelho. É só não olhar a figura, e está tudo bem. E aquelas orelhas de abano, então. Cruz credo! Mas não posso negar que ele entende da arte. O som está bom, mas está ficando abafado com tanta gente falando alto. E a gritaria dos fedelhos então. Até os meus estão descontrolados"*. Percebendo que Danaide demonstrava impaciência com a tagarelice dela, com a desculpa de disciplinar o berreiro dos filhos, Bizoca se afastou.

Como que adivinhasse o anseio de Bizoca, surgiu o Sr. Wilson, carregando às costas o violão protegido dentro do estojo apropriado. Quase nada nele se parecia com o mesmo eletricista que havia momento atrás instalado as lâmpadas coloridas. E, estrategicamente, montara pequeno tablado, à guisa de palco, ao lado da escada de terra e pedra batida, incrustada no barranco íngreme, o que facilitava o vai e vem, e o sobe e desce e a correria dos pequenos e dos adultos no quintal. Camisa vermelha desabotoada até a altura do peito, exibindo pequeno crucifixo em ouro pendurado numa corrente, presente de uma das suas inúmeras fãs. Calça de linho branco que, apesar do amarrotado natural do *senta-levanta*, mantinha o vinco impecável. Sapatos brancos mocassim e na cabeça o toque final de elegância, chapéu no melhor estilo Panamá, o que lhe conferia charme especial, apesar de sua figura física ser exatamente como a descrição mordaz de D. Bizoca. Logo atrás dele, os outros músicos que nos fins de semana integravam o conjunto. "Esperança da Vila", tocando nas gafieiras dos outros bairros e às vezes, com sorte, na afamada "Sandália de Prata", no centro da cidade, faturando um cachê mais compensador.

Os componentes do conjunto musical entraram imponentes no recinto, todos aprumados nas vestimentas como o violonista. O Neneco da trilha, figura atarracada, cabelos encaracolados cortados a escovinha, sorriso de pérolas no rosto acobreado que a atividade, desde jovem, nos fornos da fábrica de vidros acentuara. Vaidoso, trajava camisa de colarinho engomado com listas finas em tons de azul e vermelho sobre o fundo branco, desabotoada nos quatro primeiros botões, exibindo o tórax rijo, transbordando uma sensualidade viril. Responsável pela percussão, trazia nas mãos o pandeiro e a tiracolo, acondicionada em estojo apropriado, a timba. Neneco quando tocava os instrumentos, expandia-se em prazer como se fosse transportado para outro mundo. Os *taque xiquitaques* do pandeiro, o tremular metálico das platinelas eram irresistível convite ao corpo para a dança. E quando a melodia requeria, ele retirava a timba do estojo, alisava-se como a um carinho antes de tocar no ritmo exigido. Sentava-se, colocando-a amorosamente entre as pernas, o som extraído com os toques precisos ecoava como prazerosos gemidos, qual clímax de uma relação sexual.

Como fila indiana, logo atrás chegava o Tico Marambaia; tipo alto atlético, trabalhava como carregador de caminhão no mercado municipal, mãos fortes e calejadas. Cavaquinho, o instrumento que tocava, parecia menor ainda, em contraponto com a sua figura; impressionava a forma como o segurava, como se retivesse nos braços uma criança, dir-se-ia que ele não dedilhava as cordas, as afagava e, num ato de retribuição ao agrado, os acordes inundaram o ambiente. Dos cincos, ele o mais despojado nas vestimentas, sem nenhuma mancha de gordura dos salgadinhos que costumava ingerir com voracidade. Simplesmente usava camisa branca de manga curta, número maior que o seu manequim e que lhe assentada ao corpo como uma espécie de bata longa, chegando a palmo e meio abaixo da cintura. Sorriso ingênuo e postura de criança tímida que fora pega em flagrante, fazendo traquinagem. Mesmo com o aspecto pacífico, os demais o respeitavam porque, quando perdia a calma, coisa rara, transformava-se em fera indomável. Mas quando tocava o cavaco, a melodia fluía como a um passe de mágica, cheia de poder de enfeitiçar.

Cumprimentando apertando as mãos dos homens, flertando com as mulheres, brincando com as crianças, Fred Sete, um azougue em pessoa, estatura mediana. Rosto afinado, lábios carnudos e o sorrir malicioso que parecia um convite impróprio a menores, certa ponta de melancolia no olhar contrastando com o jeito brincalhão, aparentemente descomprometido com a vida. Mãos alongadas que ostentava calos de tocar o violão de sete cordas. Gostava de se trajar com camisa social de manga curta azul clara, com o colarinho aberto em dois botões e gravata estilo italiana estampada em vermelho e amarelo, com nó afrouxado, só para aparentar um ar de quem não está nem aí com nada. O calçado marrom, engraxado com requintes aprendidos com o pai. Trabalhava como contínuo numa repartição pública, emprego conseguido pelo apadrinhamento de um conhecido vereador da cidade, na casa do qual sua avó fora copeira, sua mãe arrumadeira e seu pai motorista. Talvez o despojamento premeditado nas vestes fosse reação ao terno escuro, camisa branca, gravata preta e sapatos pretos, obrigado a usar no trabalho e estar sempre sorridente e prestativo, mesmo quando não o desejasse. Ao tocar, beliscava as cordas com picardia, obtinha o melhor efeito sonoro no contraponto descendente, caprichava nos tons baixos, dialogava com a melodia e o sorriso malicioso acentuava-se

Encerrava-se com ele a entrada triunfal dos Esperançosos, apelido jocoso imprimido por D. Bizoca. Empolgados pela repercussão que suas performances produziam nas reuniões informais de finais de semana, decidiram formar o conjunto musical, movidos pela vontade de compartilhar sentimentos, fossem de alegria ou tristeza, através das letras canções e da construção de melodias. Batizaram o conjunto depois de cantarem, numa reunião dançante, a música Esperança da Vila, letra escrita pelo Sr. Wilson e a melodia composta por Zeca Caniço que tocava clarinete, tipo magro e com a postura do tronco meio envergada, que lhe tinha valido o apelido. Sempre de terno escuro e gravata, cabelo liso preto, os lábios carnudos se encaixavam perfeitamente no bocal do instrumento; sem aparentar esforço no sopro, as notas saíam aveludadas, cheias e obscuras. Às vezes, dependendo da exigência da melodia, o timbre se tornava vibrante e expressivo, se transformando em agudo, cada vez mais brilhante, até adquirir natureza humorística e sarcástica. Zeca Caniço, ao tocar clarinete, o segurava com suave firmeza, olhos fechados, pensamento elevado, atento às notas, comunicando-se com toda a emoção do fundo de sua alma. Taciturno e calado na maior parte do tempo, no seu trabalho no hospital municipal, onde exercia a função de maqueiro, quando tocava suavizava-se de corpo e alma.

Na oportunidade do nascimento formal do grupo, foram alvo da mordacidade de D. Bizoca que teria dito em alto e bom som, para troçar com eles: *"Que Esperança da Vila que nada. São os Esperançosos da Vida. Acreditam que com este regional vão fazer sucesso por aí. É só na Vila. E olhe lá! Basta começar a cobrar para encerrar a carreira"*, e lógico, encerrou o comentário com a gargalhada e os volteios característicos. Sim, eles imaginavam gravar um disco e sair em viagem levando a música que faziam. Possuíam a pose de artistas quando deixavam de ser trabalhadores anônimos, com remuneração baixa, para executarem, como magos, a música e os ritmos soprados pelas deusas, numa identificação com o lugar onde viviam, criando canções de lutas, de paz, de amor e paixões. O apelido, ao contrário da intenção da jocosidade com que fora proferido, era a expressão da união dos cinco homens, os "Esperança da Vila": quando tocavam, eram mesmo os esperançosos da vida e espalhavam sentimentos em todos os acordes; alegrias, tristezas, recordações tamborilavam nos corações dos presentes.

    A chegada dos músicos, tão aguardada, causava alaridos, cada um deles a seu modo expandia carisma e simpatia, ser diferente naqueles momentos os enchiam de prazer e de orgulho. Não começaram logo de imediato a tocar, desfrutavam do convívio, colocavam a conversa em dia, atualizavam-se das últimas novidades da vizinhança. Wilson, apesar de casado, aproveitava para paquerar as solteiras e até as casadas entusiasmadas. Fred Sete aumentava sua coleção de namoradas, espero que só ele, arrumava logo duas ou três na mesma noite e na mesma festa. Dirigiram-se a Mauro e a Gertrudes, elogiaram a arrumação e a fartura dos comes e bebes. *"A comida foi por nossa conta, mas a arrumação esforço de todos"*, responderam os anfitriões, satisfeitos com a presença dos Esperançosos da Vila. Mauro completou com tapinha nas costas de Wilson. *"Ele aqui é que deu à luz"*. Riram da dubiedade da frase proferida. *"Oh! Mau, cuidado com as frases dúbias, todos sabem que a mulher é quem dá à luz. Se fosse atribuição dos homens, não teria gente na terra. Vocês não aguentam uma dor boba de dente"*, completou D. Trude, fingindo constrangimento e se safando dos olhares paqueradores de Fred Sete.

    A animação corria solta, risadas estridentes pipocaram das rodas de conversas, os proprietários do transporte urbano, Sr. Afad e o Sr. Bovo, aproveitavam a oportunidade para propagandear o progresso da Vila, enfatizando a chegada da linha de ônibus seguindo o asfaltamento. *"Não vamos parar ali, não. Onde o asfalto for a VITURES vai também. É bom para a Vila, é bom para nós quando o progresso chegar. Temos que empurrá-los mais um pouco. Escutem o que estou falando. Não é só o pó que vai mudar na Esperança. Fiquem atentos, muita coisa vem aí. Eu e o Bovo estamos espertos. Quem quiser crescer tem que olhar para frente"*. Ao lado da esposa, Afad falava a larga, quase sem respirar, as frases carregadas no sotaque da terra natal, fazendo breve pausa para abocanhar e mastigar os salgadinhos. *"Hum! deliciosos, macios. Derretem na boca, D. Gertrudes bem que poderia incluir para a venda, lá na quitanda, estas gostosuras. Eu até entro como sócio. É só não deixar que eu experimente, porque já sabe, prejuízo certo".* Empolgou-se nos elogios estendendo-os à esposa do quitandeiro. *"Ela tem mãos de fada, mulher trabalhadeira. Mauro é que tem sorte. Companheira ideal, tá ali. Sem exageros, ela é mais da metade responsável pelo sucesso da Quitanda da Vila".*

Interrompeu-se ao ser atacado por forte beliscão no traseiro, desfechado por sua mulher, não controlando o ciúme desencadeado pelo entusiasmo dos elogios. *"Calma, linda, são palavras somente. Só tenho olhos para você",* disse afagando com um aperto a bunda da esposa obesa, dissimulando a atração erótica que nutria por Gertrudes. Cobiçava também aquele estabelecimento, instalado num local estratégico, oferecera-se para comprar o ponto antes mesmo de aventurar-se na companhia de transporte urbano, mas não obtivera sucesso; eles não venderiam por nada. Mas o Sr. Afad não desistia fácil. Empanturrando-se de salgadinho em meio àquela gente animada, desfrutava da hospitalidade, ruminando uma maneira de se envolver com os negócios do casal. No fundo, os inveja pela luta, garra e simpatia despertadas por eles nos amigos, fregueses, vizinhos. Uma energia impalpável, imaterial, desprendia deles, algo que não se vende e que não se compra.

A criançada correndo, comendo. Bará, feliz, ganhando presente de cada pessoa que chegava. Coisas simples e sofisticadas, trazidas pelos parentes. Os tios, irmãos de D. Trude, parentes afastados e pouco comentados na casa, compareciam naquelas ocasiões. A menina comandava a correria e a gritaria, mas preocupava-se por não ter visto ainda o bolo. *"Não vai ter bolo, mãe? Não deu certo o enfeite com as flores? Ficou feio? A senhora jogou para os cachorros?".* Havia perguntado várias vezes para Gertrudes, toda vez que a oportunidade surgira. Ouvia a mesma resposta: *"Vai brincar. Divirta-se. Esta é a sua festa. Não se faz sete anos todos os dias. Já falei, acredite na sua mãe. É o bolo mais lindo de sua vida. Nunca vai esquecer, mesmo quando tiver seus filhos e netos".* A princípio, contrariava-se e depois se distraía com a atenção de todos e os folguedos infantis. Deixou de perguntar, ficou aguardando os parabéns pra você. *"Para cantar os parabéns pra você precisa ter bolo, como vou soprar as velinhas? Eu não estou vendo, mas a mãe disse que tem bolo",* resmungou com Suelma e depois resolveu ficar só aguardando. A anfitriã estava muito ocupada, sorrindo e sendo gentil, cuidando para que todos fossem devidamente servidos, podendo se aborrecer com a impaciência dela.

O som que saía da velha vitrola, que reproduzia dos discos as melodias em ritmos de samba, baião, samba-canção e marchinhas de carnaval, abafado pelo alarido das conversas não incentivava os pés-de-dança a começarem a agitação do baile. Ninguém se aventurava a ser o primeiro a dançar e puxar os demais. Ao comando de Mauro, os "Esperança da Vila" se posicionaram no palco improvisado, afinaram os instrumentos, aos primeiros acordes a algazarra cessou, toda a atenção voltou-se para os Esperançosos. Repertório variado, eles começaram com um samba canção, com intuito de aquecer a garganta, preparando os convidados para cantarem em coro animado "parabéns pra você". A voz afinada do Sr. Wilson, em contraponto ao vocal de Fred Sete e ocasionais solos de Tico Marambaia, a canção inundou a noite:

"Eu daria tudo que eu tivesse

Pra voltar aos dias de criança

Eu não sei pra que a gente cresce

Se não sai da gente essa lembrança

Aos domingos missa na matriz

Da cidadezinha onde nasci

Ai, meu Deus eu era tão feliz

No meu pequenino Miraí

Que saudades da professorinha

Que me ensinou o beabá

Onde andará Mariazinha

Meu primeiro amor onde andará?

Eu igual a toda meninada

Quantas travessuras que eu fazia

Jogo de botões pela calçada

Eu era feliz e não sabia."

Inspirados, escolheram para iniciar aquela música nostálgica que remetia a uma infância idílica. Nem todos possuíram aquela felicidade que a letra evocada, no entanto uma particularidade ou outra na melodia atingia no fundo as sensibilidades. Zeca Caniço o único que não cantava, por tocar instrumento de sopro das emoções. A clarinete soava como uma voz feminina, sobressaindo-se dos demais acordes, causando um efeito inusitado ao conjunto. Bará gostava da música quando tocava no rádio, não entendia toda a letra, certa vez questionou a mãe sobre alguns significados. Recebeu explicação paciente e emocionada, que intencionava aplacar a sua incansável curiosidade infantil. Gertrudes aproveitou a ocasião favorável para contar episódios da própria meninice. Os olhos lacrimejaram ao lembrar-se da professora que se indispôs com sua família quando o pai a retirou da escola para a lida doméstica. A explicação não satisfez Bará, mas não insistiu, não queria ver a mãe triste. Mais tarde, inquiriu o pai a respeito da parte da letra que mais gostava: *"Eu igual a toda meninada quantas travessuras que eu fazia"*. Mauto foi mais objetivo, explicando o significado de travessura, e emendou com exemplo de sua vida no tempo em que era menino e usava calças curtas.

Os "Esperança da Vila" repetiam inúmeras vezes a canção, os moradores da Vila, migrantes de outros países, estados e cidades, cantavam a todo pulmão, com o coração querendo sair pela boca, lágrimas retidas nos olhos. *"Eu daria tudo que eu tivesse para voltar aos dias de criança"*. Relembravam, a partir do apelo do refrão, somando saudades das pessoas e do lugar de onde saíram. Esqueciam, naquele instante, as lutas diárias, para marcarem território e construírem um novo viver ou, simplesmente, para sobreviverem, num pedaço de chão, comprado ou ocupado. A cada sílaba melódica, crescia neles o que o nome "da Vila" anunciava: Esperança. Unidos no conjunto de vozes, os habitantes, se transformaram nos "Esperançosos da Vida". A criançada, num raro momento de quietude, sentou-se no chão de terra batida, desprezando os aconselhamentos de não sujarem e nem rasgarem as roupas. Acompanhavam com movimentos de corpo e, se não nutriam saudades da infância, recordariam mais tarde, aquela festa como a um bom momento de contentamento. Bará, radiante, cantava os versos que conhecia. *"Eu igual a toda meninada, quantas travessuras que eu fazia..."*. O capricho das roupas se fora nas algazarras. Velma, que nunca se sujava, mesmo ao brincar com bolinhos de barro, exibia sem pudor, maculando a saia, uns respingos de chocolate dos brigadeiros que ingerira. Batia palmas, sem compreender bem por que as pessoas estavam com os olhos vermelhos: *"Não era festa? Todo mundo tinha que ser feliz"*, questionaria Danaide mais tarde.

A cantilena parecia interminável. Gertrudes e Mauro divertiam-se com o desafino de alguns, mas não queriam interromper, acabar com a alegria da festa. Patrocina, porém, os alertou da necessidade de liberar aqueles que sempre se retiravam discretamente, levando um pedaço do bolo e uma porção de salgadinhos e docinhos para mais tarde. *"O momento é ideal mesmo. Estão todos juntos, não tem ninguém espalhado no quintal ou perdido na rua"*. Deram razão à sábia matriarca, depois é que o baile esquentaria de verdade. Enquanto os músicos emitiam mais alguns acordes, o bolo mais bonito que jamais tivera ou teria em toda a sua vida, foi trazido da cozinha, onde estava cuidadosamente escondido com o intuito de surpreender a aniversariante. Ao vê-lo, ornamentado com as flores frescas, colocadas momentos antes de ser exibido,

Bará paralisou de tanta emoção, a mãe cumprira o prometido. As rosas vivas naturais imprimiam o efeito de grande buquê sobre o doce. Impressionava, parecia que a primavera resolvera participar com intensidade das comemorações. Saiu do estado de entorpecimento quando todos entoavam os "parabéns pra você", acompanhados pelo "Esperança da Vila". A clarinete soava alto como a voz de fada madrinha abençoando Bará. Zeca Caniço, inspirado em emoções, recordava a filha deixada ainda bebê em Betim, cidade de Minas Gerais, que deveria ter a idade da aniversariante e, num solo, chorou lágrimas que homem não chora.

CANÇÕES, VALSAS, SAMBAS E SONHOS

Antes de ser distribuído em fatias generosas, Patrocina reservou o primeiro pedaço e uma garrafa de refrigerante como oferta aos santos gêmeos Cosme e Damião, colocando aos pés da roseira que forneceu as flores para o enfeite. Agradeceu a fartura e a saúde da homenageada, pediu graças por mais um ano de vida, honrando o costume herdado de geração a geração. O requinte confeitado ia desaparecendo tão rápido como o raio, sobrando apenas, na bandeja, flores e migalhas. A cantoria do "Esperança da Vila" corria à solta, animando e abafando o som das mastigadas vorazes e as interjeições de incontrolável regalo ao paladar: *"Hum! Hum! Hum! Delicioso!"*. E, desinibidos, repetiam da iguaria, até se fartarem, sabedores de que na casa do casal de quitandeiros a mesquinharia não fazia morada, e que só teriam que aturar as pilherias de Bizoca, sempre atenta para soltar comentários mordazes.

Após a comilança, o baile iniciou-se com Mauro e Gertrudes exibindo as exímias habilidades na dança. Bailando, reviviam o dia em que se conheceram na domingueira do Paulistano da Glória, salão de festa frequentado por trabalhadores à procura de descontração, diversão e namoros. Vários romances e casamentos foram ali iniciados, outros tantos ali terminaram. Uma orquestra bem aparelhada executava, a comando do maestro, sambas, boleros e mambos. Os casais rodopiavam no salão previamente encerado com parafina para facilitar os movimentos. Os cavalheiros dançavam com um lenço na mão para que o suor não manchasse os vestidos das damas. Um imenso globo espelhado girava no teto iluminado por holofotes. O mestre-sala circulava pelo salão e, caso algum casal saísse do sério, era logo advertido com um simples olhar. Os desentendimentos quase não existiam e quando ocorriam, mormente motivados por afeto e desafeto, eram prontamente abafados pelos próprios frequentadores. Os briguentos eram levados para o saguão de entrada, ouviam um sermão de descompostura dos dirigentes da casa e, se não se comportassem, eram mandados para fora.

A festa de aniversário de Bará certamente não tinha o glamour dos bailes do Paulistano, mas as semelhanças evidenciavam-se: a presença de trabalhadores, a ausência de brigas e a elegância na dança. Mauro e Gertrudes, mesmo sem o assoalho parafinado, deslizavam com graça e leveza. Reacendiam a magia das domingueiras dos tempos de namoro. Os corpos colados e os movimentos simultâneos ou em contraponto, denotavam precisão e sensualidade. Coreografias ao ritmo do conjunto Esperança da Vila que na falta de um maestro, se autorregiam com a força do olhar e da melodia. O Wilson, sem nunca ter reivindicado ou ter sido para isso indicado, exerciam o comando na execução da música. Os demais observavam os anfitriões, admiravam os passos, os rodopios, absorviam o clima de romance que emanava da dupla de dançarinos, sem coragem de se intrometerem. Aos poucos o encantamento e a empolgação contagiaram a todos. Enlaçados, os habitantes da Esperança extravasam sentimentos, ocupando o terreno de terra batida, recoberto por tábuas enceradas, simulando o piso dos salões de bailes. Gingavam ao som de melodias com letras românticas, recheadas de amores sofridos por ingratidões das mulheres e traições dos homens.

Os mais velhos, reunidos à volta das mesas de iguarias, bebericavam, petiscavam e fofocavam. Em se tratando da vida particular dos outros, o assunto se tornava inesgotável, havia sempre uma particularidade a ser explorada. Dona Bizoca, maliciando nos comentários, se responsabilizava por ressaltar detalhes desconhecidos ou ocultados. Alguns se retiraram por conta dos menores cansados e satisfeitos com as guloseimas oferecidas. Outras tantas crianças corriam à solta ouvindo melodias, as crescidinhas, entrando para a etapa de sonhar com namoros, ensaiavam alguns passos desconjuntados. Na pausa dos músicos, entre uma seleção e outra, Mauro colocava a velha vitrola em ação, tocando sucessos internacionais. *"Agora é hora do bugui ugui!"*, anunciava todo animado. Os jovens vigorosos, influenciados pelo ritmo negro-americano, demonstravam destreza nos passos difundidos através do cinema. Os casais, não afeitos a ostentações, se retiravam, discretamente, para os recantos mais tranquilos do fundo do quintal. Acobertados pela penumbra protetora das árvores entregavam-se às carícias ousadas e beijos cinematográficos. Alguns dos convivas, nas conversas informais, apregoavam os méritos de seus ofícios na intenção de conseguirem proposta de trabalho em alguma construção ou na reforma de uma casa ou no conserto de um muro.

O Sr. Afad, com ares de boa-praça, como quem não quer nada, abordou o dono da casa tecendo elogios: *"Bonita festa, farta, animada. Sem altercação nem brigas. Bonito de se ver, comer e estar".* Encerrou a frase, empurrando para dentro da boca metade de uma coxinha, das muitas que havia ingerido com gula e apetite. Mauro observava o modo voraz do dono da VITURES, devorando os salgadinhos como se quisesse engolir tudo e todos. *"Não é à-toa que está cada vez mais barrigudo. Parece um saco sem fundo. Se continuar comendo assim, acaba explodindo. Os bons modos passaram bem longe!".* Comentário, misto de sarcasmo e ironia, que guardou para si educadamente, mas que se denotava em seu semblante. *"Ainda bem que está gostando. É um prazer sua presença aqui com toda a família. Espero que esteja sendo bem servido",* acabou proferindo polidamente, com um sorrir nos lábios camuflando as verdadeiras impressões.

"Bom, o prazer com certeza é meu. Você sabe, quando eu vim morar aqui na Vila, você e sua bela esposa, com todo o respeito, foram as primeiras pessoas a me darem boas-vindas. Uma modesta portinha, quase uma barraca, com algumas frutas e legumes. Achei, ao bem da verdade, bem despretensioso, sem ambição. Mas com o passar dos anos seu negócio cresceu, se tornou um comércio sortido muito promissor". Ouvia-o paciente, aguardando onde aquela conversa de cerca-Lourenço chegaria, apesar da aparência coloquial do assunto, ocultava uma segunda intenção, cautela e prudência seriam necessárias. O astuto negociante, tornou-se famoso na Esperança por dar nó em pingo d'água: *"Cheguei, como você sabe,*

com uma mão na frente e outra atrás, como dizem aqui. Bom, tinha lá uns objetos de ouro, relíquias da minha mãe, lembranças da minha terra. Mas não era dinheiro para comer. Foi o seu quiosque que me saciou a fome, quando precisei. Comprei tudo no fiado. Você não me conhecia, e mesmo assim confiou. Certo, paguei tostão por tostão, mas sinto dentro de mim que devo a confiança que me foi depositada".

A conversa tediosa, sem a mínima importância, menosprezando o seu estabelecimento mencionando como mero quiosque, irritava Mauro que relegou a ofensa, desculpando-o, por conta do excesso das batidas de frutas ingeridas. Ademais, vendia fiado para o bem dos negócios, e na confiança também, as pessoas não possuíam dinheiro para à vista, mas, quando recebiam o salário, honravam a dívida. Calote? Sim, ele levou alguns, mas nada que o deixasse mais pobre, ou prejudicasse o seu comércio. O assunto alongava-se para além da paciência e o inquietava. Estava desejoso de encerrar a conversa, dedicar a atenção aos demais convidados, divertir-se, desfrutar da festa. O conjunto preparava-se para retornar ao palco improvisado, no entanto, inoportuno, o dono da VITURES segurava-o pelo braço de forma, aparentemente, despretensiosa. Tinhoso, percebeu que cometera uma gafe com o anfitrião, então, atabalhoadamente, tentava remediar.

"Você progrediu. Logo se vê. Daquela banca modesta para o estabelecimento sortido. Não sei por que você ainda o chama de quitanda. Não há mais nada parecido com uma. Têm hortos-frutos-granjeiros, secos-e-molhados, laticínios e tudo o mais que se precise. Acho que o espaço está ficando apertado para tantos sortimentos". Aborrecido frente à inconveniência do empresário, esforçava-se para não causar altercação desnecessária, provocar um mal-estar e estragar as comemorações de aniversário. Intuía, a contragosto, o objetivo da abordagem, provavelmente uma nova proposta de compra. Várias foram as ofertas e muitas as negativas, mas ele não perdia a oportunidade de novas investidas, sem atinar hora nem lugar. Mauro interrompeu os prolongados rapapés. *"Desculpe-me, Sr. Afad, proposta de compra novamente? A resposta é a mesma das outras tantas vezes. O senhor sabe que o meu estabelecimento não está à venda. Vamos nos divertir, isto é uma festa. Olha*

lá, os Esperança da Vila vão recomeçar a tocar. Pegue a sua esposa e vá dançar. Remexer o esqueleto faz bem!"

"*Não de leve a mal, não quero lhe empatar não. Mas gosto de pessoas como o senhor e sua admirável esposa. Esforçados, trabalhando de sol a sol, sem preguiça. Com o desejo de progredir. Vocês são diferentes do pessoal da Vila. A maioria é honesta, são trabalhadores, mas sem ambição. Não olham para o futuro. Não enxergam longe. Emprego, uma casinha está de bom tamanho para eles. Vocês não! São como eu, apesar de serem..."*. Pigarreou, espero que só ele, interrompeu a frase, adentrava terreno perigoso ao mencionar a ascendência dos anfitriões, semelhantes à da maioria dos habitantes do lugar. Histórias guardadas no fundo do baú na nação, trajetórias distorcidas através de símbolos forjados, com intuito de escamotear detalhes, cruéis, relativos à exploração, espoliação, matanças genocidas perpetradas contra os antepassados do aguerrido povo da Esperança. Os moradores dali *"amassavam o barro da vida",* como dizia a sábia Patrocina, depois das chuvas que enlameavam até a alma. Sobrevivendo a todas as adversidades, desbravadores e criativos, empurrados, por força das circunstâncias, para inóspitos, do nada erguiam casas, abriam picadas cortando morros, edificando bairros. Os recursos públicos chegavam depois de muitas reivindicações e reclamações, a passos lentos e tartaruga reumática. *"Amassar barro, moldar a vida. Nossa sina. Amassar barro, construir a Esperança".* Teria dito Patrocina, num dia de muita chuva, quando foi visitar Danaide, acamada com dores reumáticas.

Afad, para alcançar seus intentos, deveria fingir e agir como não percebesse as diferenças de oportunidades existentes no país que adotara para viver. O fato de ser imigrante aumentava suas chances de prosperar nos negócios, e no íntimo, sem alarde, sentia-se superior aos habitantes do lugar. Após pigarrear e engolir um pedaço do bolo, que desceu doce boca adentro, escorregando pela garganta, amaciando os espinhos das palavras não proferidas, continuou a investida. *"...Bom, Seu Mauro! Eu não quero empatar mais o senhor. Quero lhe oferecer um negócio, sim. Mas não é comprar a quitanda. Quero ser seu sócio. Ampliar o negócio. Expandir. Com asfalto e a linha urbana de ônibus a coisa vai crescer. Sociedade. É isto".* Os primeiros acordes do conjunto invadiam o ar, abafando a frase, dificultando a compreensão. *"Hã? Sociedade? Não pensei nisso. O comércio é da família. O futuro dos meus filhos. A promessa de tempos melhores. A oportunidade de uma educação melhor. Uma vida melhor. Não pensei nisso. Mas, eu prometo pensar. A proposta não é de toda má. E expandir eu e Trude já havíamos planejado. Mas não agora, mais pra frente. Prometo pensar, falar com minha esposa, com Patrocina, minha mãe, depois conversaremos com mais vagar",* respondeu o comerciante quase gritando para se fazer ouvir. *"Pense sim, com a sua disposição poderemos fazer uma ótima parceria e até vender estas deliciosas guloseimas".*

O dono dos ônibus da Esperança, possuído por ligeira embriaguez, sonhava em voz alta e amolecida, acentuando o sotaque carregado, misturando palavras da língua natal. *"Bom, depois falaremos. Agora vamos dançar, nos divertir".* Interrompendo, Mauro afastou-se em direção a companheira, enlaçou-a pela cintura e ao ritmo do samba canção, saíram rodopiando com graça e leveza. Sentindo o aconchego e o calor do corpo da mulher, ele arquitetava planos de prosperidade quando esbarraram em Zé Galdino que ranzinzava porque a molecada corria à solta: *"Criança tem que ser ali ó, na rédea curta senão desanda. Se ninguém segurar, não vira adulto bom. É na disciplina, como eu fui criado",* dizia sempre para a nora e o filho quando considerava que a educação dos netos andava meio frouxa. *"Olha, a rédea está solta. Educar não é isto não. Mais tarde não venham chorar. Mais tarde não digam que eu não avisei. Rédea curta",* alertava em vão. A família escutava-o com respeito, mas faziam ouvidos moucos porque sabiam que, no fundo, o prazer dele consistia em ser rabugento, implicando fazia-se notar, imputando a si mesmo uma importância dentro do clã que em verdade era dedicada à matriarca. No entanto, ao ver a animação dos casais, principalmente do filho e da nora, contagiou-se e, numa atitude rara, cingiu a cintura de Patrocina com um dos braços e a tirou para dançar.

Bailavam desajeitados por conta da falta de prática dele que há tanto tempo não dançava. Na juventude fora bom na catira, saía para as festas com o avô, pai, tios e irmãos. O tempo encarregara-se de endurecê-lo no gingado, o coração empedrara, soterrando a ternura e a simpatia. Rodopiando com Patrocina, foi acometido por tristeza inexplicável, julgou ser a bebida, a viagem e a emoção disfarçada, atrás da rabugice, de ver a neta fazendo sete anos de idade. Por mais que tivesse predileção pelo neto macho, a menina bonita, esperta, um pouco indisciplinada, o fazia rir com as traquinagens que aprontava. A melancolia o dominava, mas homem que se preza não se rende a essas baboseiras, próprias das mulheres, e se manteve firme, abraçando e conduzindo-a, de estatura mais baixa, a cabeça roçava-lhe os seios, conforme os meneios da coreografia.

Ela percebeu a emoção do marido, ele não atinava o motivo, mas ela sim. Dançavam juntos, depois de tanto tempo, e pela última vez. Era o samba da despedida. Aquele casal díspar, formado pela força de autoridade equivocada, mesmo convivendo em conflito, tinha constituído uma família, uma trajetória, deixando registrada sua passagem no mundo.

A sensação de adeus no ar contagiou, os instrumentistas sequenciaram músicas sem intervalos, entoando poesia em forma de canção. O coração dela apertava a cada estrofe, aproximava-se o dia, num gesto espontâneo afagou a cabeça de Galdino que, se não fosse tão durão, teria chorado. Ele guardaria para sempre em seus cabelos encaracolados, talvez o único carinho, espontâneo, de uma vida toda de casado. A voz nostálgica embargada, do cantor Wilson, proferia as palavras que ela gostaria de dizer, mas não podia. A clarineta de Zeca Caniço, em dó maior, chorava mágoas, ressaltava saudades, formando harmonia perfeita entre melodia, voz e letra:

"Adeus, adeus

Meu pandeiro do samba

Tamborim de bamba

Já é de madrugada

Vou-me embora chorando

Com meu coração sorrindo

E vou deixar todo mundo

Valorizando a batucada".

A TRILHA DA ESPERANÇA

A festa avançou madrugada adentro. Despontavam os primeiros raios de sol do domingo quando os últimos convidados, olhos cansados da noite de vigília, corpos moídos pela diversão da dança, coração feliz pelas horas de descontração, despediram-se dos anfitriões. D. Bizoca, incansável, destilava comentários sarcásticos com Danaide e Patrocina que, estiradas nas cadeiras, não lhe davam atenção. *"Deixa estar, pra semana, lá na quitanda, vamos ter muito assunto para comentar. Olha, vi muitos casais se formando. Acho que teremos vários casamentos e batizados surgidos aqui. Com certeza Trude terá muitos afilhados"*. Encerrando falação, arrumou energia para a gargalhada e os volteios que a caracterizavam, retirou-se satisfeita. Ficaram os parentes e os amigos que moravam longe, os músicos adiavam a saída, limpando e embalando, peça por peça, os instrumentos. Zeca da Trilha aproveitava para jogar charme sobre Celeste que permanecia reticente, pois a essa espécie de homem que ao ver mulher não se furta ao jogo de sedução barata, não dava trela.

"Bom, gente, acomodem-se da melhor maneira possível. Encostem os esqueletos por aí. Não se preocupem em arrumar nada. Mais tarde teremos ajuda para a limpeza. As mesmas mulheres que estiveram aqui virão dar um jeito nesta bagunça. As crianças? Cadê as crianças? Ah! já foram dormir faz tempo. Que bom! Criança é assim mesmo, quando cansa, desaba. Ei, compadre Onofre se divertiu? Não abusou da batida de abacaxi nem da de maracujá. Não abusou. Não é? Ei, comadre, está tudo bem? Está cansada, não é? Obrigado, Danaide, pela força. Você é o meu braço direito e às vezes os dois: direito e esquerdo. Aliás, agradeço a todos. Até o senhor meu sogro tomou conta de tudo direitinho". Gertrudes, feliz, dirigia-se a todos

com atenção. Mauro a enlaçou pela cintura, demonstrando carinho e contentamento. *"A festa foi um sucesso, Trudinha",* sussurrou-lhe ao ouvido, todo desejo de abraçar, beijar ardentemente a esposa. *"Na mais perfeita paz! Gosto assim: paz, fartura e diversão".* No quarto, beijaram-se longa e apaixonadamente sem palavras, apenas ações de carinho. A casa, que fora música, risos, correria, comilança, mergulhou no silêncio, naquela manhã de domingo.

 A primeira a acordar, Bará, silenciosa e cuidadosa, desviava-se dos obstáculos da sala transformada em um acampamento improvisado, com parentes acomodados sobre colchões espalhados por todos os cantos. Galdino roncava, entregue ao sono profundo, talvez sonhasse com a dança que tivera com Patrocina. A tia Celeste adormecida, sonhava, aninhada entre os cobertores, ronronava qual gata mansa, sonho tranquilo, a julgar pelo sorriso nos lábios, talvez contabilizando os homens que dispensou ao longo da juventude, colocando nessa lista Fred Sete esnobado na festa. Beirando os trinta anos de idade, prestes a ficar para titia, não se preocupava. Casaria breve, muito breve com o primeiro que aparecesse e se livraria do constrangimento das constantes cobranças, feitas por parentes e amigos, de contrair matrimônio. Bará parou, observando o sorriso, entre o sarcástico e o satisfeito, da tia. *"Deve estar sonhando com o meu bolo de aniversário. Estava bom demais. Os gulosos comeram tudo. Ainda bem que guardei um pedaço bem grandão na gaveta, lá no meu quarto. Depois vou comer escondido",* sussurrou de si para si, para não acordar ninguém. Deteve-se, observando a agitação de Elza, sua madrinha, solteirona convicta, desferindo soco e pontapés no ar. Possivelmente o sonho dela estivesse povoado de imagens apavorantes do passado infantil, não confidenciado a ninguém, mas que a atormentava. Ao despertar, disfarçaria indefectível. *"Dormi feito um anjo",* diria mentindo, mas as olheiras denunciariam os tormentos omitidos. Especulava-se sobre Elza, o abuso sofrido na infância perpetrado pelo cunhado, boa pinta, fanfarrão, que a enchia de presente, vira e mexe a colocava no colo de forma maliciosa. A desconfiança, de amigos e parentes apontava para a certeza dos fatos, mas ela nunca falou, e ele não confessou nunca, nem no leito de morte. No entanto, o sono agitado, as insônias inexplicáveis reforçavam os indícios, fortalecidos nas intermináveis brigas com a irmã, esposa do falecido, dez anos mais velha que ela, as quais D. Sebastiana, mãe das duas, esforçava-se em apartar e apaziguar sem sucesso. Sorrateira, pé-ante-pé, Bará retirou-se para o reino dos pássaros.

A bagunça, após festa, dominava os espaços do quintal, o império de Bará. Fez muxoxo ao ver as lâmpadas apagadas, as bolas de ar esvaziadas, as mesas com restos variados, sem vida, sem brilho, sem animação. Assobiando, subiu as escadas, disposta a brincar com as criaturas de seu mundo infantil, aves e crianças. Transportou-se ao reino de aventuras, abriu os braços imitando asas, feliz feito gaivota plainando correntes aéreas, desfilando plumagem, e voou escada acima, mergulhando nas brincadeiras de imaginar. *"Bará! Ô menina, aonde você se meteu? Bará, venha já aqui! Bárbara venha! Bará, eu vou aí lhe buscar. Querem se despedir de você, eles estão indo embora"*, chamava, insistente, D. Trude, mas a filha não ouvia, absorta no seu universo mítico. Adentrava recantos que nunca percorrera, aprendia uma cantiga nova. *"Lá tundá. Na laguna. No reisado de reiná. Na tundá aa. Tumda eee. O sorrir da laguna eee. O vento aiê aiá. O sorrir luná na laguna de espelhos"*.

Cantava. Quanto mais cantava, mais se transportava para o infinito azul lilás, róseo, numa profusão de luzes e cores. Braços abertos, voava, vislumbrando o tudo lá de cima. *"La tundá aiá, circula aee. A luz laguna aa. Lua nova eee. Lua cheia aaa…"*. Ao longe ouvia: *"Baráaaa…"*. Os chamados da mãe. *"Baráaaa…"*. Aproximava-se, qual lufada, as asas voltaram a ser braças, estava caindo. *"Baráaa…"*. Mão amparando-a. *"Baráaaa…"*. O chamado próximo ao seu ouvido. *"Baráaaa…"*. Gertrudes e Patrocina sacudiam-na com ternura, mas com energia. Em postura do iogue entre as raízes de mangueira que aflorava da terra em formato de forquilha, a menina olhou para mãe e avó, como que retornada de viagem agradável, sorriu, não entendeu o semblante de preocupação dos rostos amados. Despediu-se dos parentes, recebendo abraços afetuosos, o avô Galdino acrescentou um aperto na bochecha, forma de carinho que a menina não apreciava. *"Se ele soubesse como isto é chato, não faria"*. Guardou para si o comentário, prendendo-o num resmungo, sorriu com constrangimento. Partiram. D.

Cina ficou. O que presenciara, ao pé da mangueira, juntamente com a nora, era o sinal, inconfundível que a hora chegara, cabia-lhe passar os segredos e as chaves dos baús para Bará.

    No começo da tarde, surgiram mulheres munidas de vassouras, esfregões e armadas de boa vontade. Homens em roupas comuns, gastas pelo uso em trabalhos braçais, desarmaram o palco e retiraram os enfeites. O mutirão da faxina animava-se ao sabor dos comentários dos detalhes ocorridos na noite anterior. Os vestígios materiais da diversão sumiram, porém, as lembranças, sempre vivas, permaneceram nas memórias, principalmente da pequena Bará. O brilho costumeiro retornou à casa, Danaide cuidando das crianças, auxiliada por Patrocina que, firme no propósito de cumprir a missão de continuidade, atribuída a ela pelos ancestrais, não arredaria pé dali sem antes concluir seu intento. A garotada, Bará, Ézio, Velma bem como Tércio e Suelma, entretidos entre estudos e brincadeiras, desfrutavam da presença prolongada de D. Cina. Ela, por sua vez, aproveitando-se da estadia, os reuniu numa manhã ensolarada e foram incursionar pelos caminhos da Esperança, munidos de lanches e frutas. Passeio que sempre faziam na companhia da avó, mas nesta ocasião parecia especialmente diferente. A excursão, liderada pela matriarca, subia e descia os morros, adentrava recantos não habitados, de rica vegetação nativa que o asfalto e as casas iam engolindo, em nome do progresso. Patrocina ia contando histórias, aventuras de personagens guerreiros, caçadores de distantes povoados, onde não existiam diferenças entre homens e mulheres, o que alimentava a imaginação da meninada. Fantasiavam e o mato, demarcado por trilhas, transformava-se em selva virgem a ser desbravada. Qualquer pequeno animal que cruzasse o caminho da expedição assumia, para eles, a dimensão de feras assustadoras que os corajosos guerreiros deveriam dominar, teatralizando a aventura, fingindo aprisioná-los. A avó ensinara-lhes que qualquer ser vivente, animal, pássaro ou inseto, compunham a natureza, mereciam respeito, não deveriam ser mortos por motivo banal.

Enquanto se divertiam correndo pelas trilhas, D. Cina, pensativa, colhia plantas medicinais, para o preparo de xaropes, licores e infusões curativas. Bará, a seu lado, ouvia a avó ensinando sobre as plantas que apanhavam. *"Esta serve para isto. Esta outra para aquilo. Estas pequenas flores são bonitas. Não são? Sinta o perfume, são poderosas para fazer licores, xaropes, inalações. As inalações são boas para desentupir o nariz. Lembra quando eu fiz para você? Olha, Barazinha, parece difícil. Certo? Mas queridinha, ouça com atenção, a sua mente vai gravar. Um dia quando eu não tiver mais aqui...".* A pequena interrompeu a frase. *"Vó, você vai viajar, me leva junto? É para um lugar bonito? Tem mar lá?".* Metralhava perguntas sem respirar. *"Sim, vou viajar, mas para onde vou não é hora de você ir, ainda. Tem mar e outras coisas bonitas. Mas você não pode ir agora. Eu quero que você preste atenção no que estou dizendo das plantinhas. Ouça netinha, por favor!".* Adoçou as palavras numa ternura infinita e reteve as lágrimas no embargo da voz. *"A senhora vai, mas volta para me buscar? Não volta? Vai demorar muito lá?".* A ansiedade da menina cutucava as emoções da velha senhora. Com muito custo, mas decidida a passar os ensinamentos para a neta, prometeu que, quando chegasse o momento, viria buscá-la, mas com a condição, que ela prestasse atenção em suas palavras, tranquilizando-a. Enquanto os outros guerreavam fantasias, ela recebia da matriarca os preceitos que passavam de geração a geração para as mulheres escolhidas da família. Depois da caminhada, eles voltaram suados, cansados, satisfeitos e famintos, apesar da ingestão do lanche e das frutas silvestres colhidas.

O almoço já estava servido, Mauro, Trude e Danaide os aguardavam, Patrocina vinha abraçada a várias plantas, auxiliada pela neta, e as colocou numa bacia no quintal. Mauro pedira conselhos à, revelando a proposta do Sr. Afad: *"Mãe, aceitar? É um passo muito sério. Já fechei negócio comprando a casa da falecida Georgina. Agora é só começar as reformas. Quero juntar as duas casas numa só, ampla como a de uma fazenda. Num balanço das economias, eu e Trude concluímos que dá para começar e finalizar a empreitada. A quitanda continuando assim com movimento crescente dá. Não vamos passar aperto, mas começar outra coisa ao mesmo tempo, sei não! É de se pensar. Então, mãe, o que a senhora acha? Se eu aceitar, não será um passo maior que as pernas? Bom, a senhora sabe... Disposição para o tra-*

balho não me falta. Eu arregaço as mangas mesmo. Não é, Tru?". Olhou apaixonadamente para a esposa. "A Trude acha que devemos não é, bem? Bom, se depender dela, nós seremos os donos da Esperança inteira. Eta mulher boa para trabalhar!"

"Bom, filho, donos da Esperança inteira vocês não serão não. A Esperança será muito grande ainda. Mas vocês terão um bom lugar reservado nesta Vila. Enquanto passeava com as crianças, pensei muito. Consultei os meus botões, como se costuma dizer. Bom, na verdade perguntei para os invisíveis, como sempre faço, quando tenho que tomar uma decisão importante. Você sabe que o Afad é uma raposa, ele realmente quer ser dono da Esperança, comprar, mandar em tudo, mas não será. Ele terá uma boa fatia, mais gorda que a de vocês. Bom, você sabe que ele quer engolir o seu negócio. Tá de zoião e não é de hoje. É um negócio bom, mas arriscado. A raposa quer comer os ovos. E olha, para vocês estes ovos valem ouro. Não faça nada de boca. Tudo preto no branco. Não aceite que os advogados deles façam as coisas sem mostrar nada para o Laerte, seu advogado. Veja tudo direitinho. E tome cuidado com a Trude, o safado está de zoião grandão nela também".

"Que é isto, minha sogra! Sou casada e me dou ao respeito. Ele que se engrace que eu pego o facão de cortar bananas e ele vai sair prejudicado. Comigo não tem brincadeira não. Sou casada, mãe de filhos, gosto do meu marido e me dou ao respeito", interrompeu trude, indignada com o comentário da mãe do marido. "Calma, estou passando os avisos que recebi dos invisíveis. Você sabe que dificilmente eles erram. Eles não falaram de você. Falaram dele. E para não ter que usar o facão, para cortar outro tipo de banana, é bom, sim, ficarem espertos os dois, você e Mauro. Bom, meus queridos, fechando negócio com ele a vida de vocês vai mudar. Não serão mais os patrões de vocês mesmos. Serão meio patrões, pois sócio tem direito de dar palpites. Mas, olhando por outro lado, a quitanda vai crescer. Vocês irão prosperar. Mais tarde… Bom, deixa o mais tarde para o mais tarde. Certo? E outra: não trate o Afad como amigo, nunca, porque ele não é. Trate-o como sócio sempre. E em sócio tem que se ficar de olho sempre. E eu acho que não vou estar por aqui para ver isto".

"Ô vó, a senhora disse de novo que vai viajar. Pai, ela vai viajar? E não vai me levar? Não vai levar ninguém", interrompeu quase gritando Bará, esquecida que em conversa de adulto criança não se intromete. E com essa atitude agitou os demais que gritavam desordenados *"Eu também quero ir. É praia é? Posso levar minha bola?* falou Ézio. *"Vou levar minha boia e minha boneca. Posso levar o Piloto meu cachorro? Posso? Posso?"*, manifestou-se Velma, olhando para avó com olhos pidões. Tércio não sabia bem o que era, mas do cadeirão onde estava sentado bateu a colher no prato para participar da confusão. Suelma, silenciosa, imaginava rever o mar. Quanto tempo que não ia à praia? Nem tinha peitinhos ainda a última vez que foi. *"Nossa! O meu maiô não cabe mais. Eu cresci"*, balbuciou tão baixinho que ninguém ouviu, ainda mais com os pequenos falando e Tércio jogando comida para todos os lados.

"Ei, crianças, só eu vou, certo. Para onde eu vou não cabe mais ninguém da família. Agora fiquem quietos. Sem bagunça. O que aconteceu com a educação de vocês?". Bradou D. Cina com energia, impondo respeito, enquanto Danaide pegava um pano para limpar a comida espalhada pelo filho caçula. *"Que história é esta, mãe?"* Mauro indagou com indignação e estranheza. *"Viajar? A senhora cheia das novidades. O meu sogro sabe disso?"* disse Gertrudes. A sogra não tinha comentado nada, estava estranha naqueles últimos dias. Depois de mostrar os baús guardados em segredo, há tanto tempo, fez várias recomendações com relação aos netos, compartilhou as receitas da culinária secreta, como fosse se ausentar, realmente, por um longo período. *"Ah não Trude. Você não! Você sabe, é a imaginação fértil de Bará. Nós já comentamos sobre isto. Não tem viagem nenhuma. É a imaginação fértil de Bará. Mas, não tem problemas, vamos cuidar disto, ainda esta semana. Por isto que estou ficando mais uns dias. Agora, chega de perguntas!"*. Encerrou a questão, quando ela encerrava questão, estava encerrada mesmo. Mauro entendeu, na resposta da mãe, que poderia negociar sociedade com o Sr. Afad. Redigiria no escritório do Dr. Laerte os termos, depois procuraria seu futuro sócio, sem esquecer as recomendações maternas.

LUA, VÊNUS E JÚPITER

Sogra e nora, ao longo da semana, dedicaram-se a demoradas conversas. Gertrudes admirava-se da aura luminosa ao redor de Patrocina que lhe realçava a imponência e a estatura, acima da média para mulheres. *"Realmente, ela é soberana de uma realeza distante"*, chegou a murmurar, entre lábios. Não eram invencionices de Bará, a estranheza em Patrocina acentuava-se, parecia se despedir da vida. Mencionava os presentes dados aos netos no Natal, como se nunca mais fosse fazê-lo, inquietava-se com as encomendas das freguesas, na oficina de costura, preocupando-se com os prazos, para não ficarem inacabadas. *"Qual é a pressa? A senhora nunca foi assim, sempre levou a questão dos ocasionais atrasos, nas entregas das roupas, com bom humor. Qual é, por acaso precisa tirar o pai da forca?"*. Chegou a perguntar, mas a sogra desconversou, no olhar uma sombra, mista de tristeza e saudades, lhe toldou a luz vital. Ao invés de responder, discorreu sobre as providências a serem tomadas para regular o dom que Bará demonstrava ter: assenhorear-se do tempo, viajar em pensamento, do presente para o passado e o futuro, também em outras dimensões que não se localizavam nem no presente, nem no passado e nem no futuro.

"É um dom divino, especial. Você sabe disso. Mas, se não for tratado poderá trazer a ela dissabores. Não queremos isto, não é? No entanto, se cuidando a tempo, com respeito aos preceitos e com carinho, fará dela uma mulher peculiar, um ser humano que saberá romper os limites impostos pela vida e, mesmo que intuitivamente, quebrará barreiras. O destino de Bará já foi traçado, tentará fugir dele, sofrerá. Mas depois... Bom, deixemos o depois para depois. Você sabe, Trude, não devemos dizer tudo o que sabemos", acrescentou, enquanto preparava

as plantas e os demais materiais para assentar os poderes inatos da menina. Abriu a canastra onde guardava as relíquias ancestrais e depositou tudo dentro, seguindo uma ordem que só ela conhecia. *"Bom, está tudo aqui, não falta nada. Sexta feira é o terceiro dia da lua crescente. Você vai preparar Bará. Os outros você deixará com Danaide. Já falei com Mauro para ele se ausentar, aproveitar para se divertir um pouco, já que trabalha muito, como você. Mas você não terá folga. Seremos você, Bará e eu. Isto é coisa de mulheres. Só de mulheres"*, ordenou à nora que a assistia e auxiliava nos preparativos. Fechou a canastra, permaneceu segundos em silêncio reflexivos. *"Agora é só esperar a hora certa"*.

A casa em silêncio desde as primeiras horas da tarde. As três mulheres, mãe, avó e filha preparavam-se para, no início da noite, realizar o ritual. Patrocina proibiu a aproximação de qualquer pessoa, passou parte da manhã, ao pé da pitangueira, entoando cantigas, enquanto sulcava a terra com a enxada. *"A terra é fofa. Vontade de cavoucar. Ya, ya. Vontade de cavoucar. A entrada da terra é quente. Deposito semente. A semente irá brotar, depois de se deitar. A terra Ya, ya. É fofa. Ya, ya. A semente vingará. Ya, ya".* A cantilena ressoava, do quintal para os céus da Esperança. Compenetrada, intensificava o apelo, estoqueava o chão, formando um círculo; depois, com o facão, cortou uma haste de árvore, mas recitou, antes, palavras de licença e permissão. A vara era meio curva, e nas extremidades exibia a forma de Y, com uma das pontas, propositalmente, maior e afilada. Ao terminar a tarefa, ela se postou bem no centro da circunferência, que acabara de delimitar, os braços estendidos, acima da cabeça, segurando com as duas mãos o forcado. Imóvel, ela orava calada. Repentinamente, soltou o galho sem fincar, que permaneceu em pé, por instantes, sem apoio, depois rodopiou no próprio eixo, pendeu para a esquerda e para direita, como pêndulo de relógio, marcando o tempo, em tique-taques compassados, sonoros e intermináveis, indo suavemente ao solo, como se mão invisível o ali depositasse.

Assentado no solo, o artefato criado pela matriarca assemelhava-se ao ponteiro de relógio que marca os minutos. A bifurcação posicionada partindo do centro, onde se postara Patrocina, a outra extremidade ordenada na borda do círculo sulcado na terra. A mulher, compenetrada, analisava tudo atentamente, concluindo faltar o ponteiro menor, que indica horas, para reproduzir figurativamente o instrumento que delimita o tempo. Ereta, com os braços estendidos, as palmas das mãos viradas para cima, fechou os olhos, sorriu satisfeita, bateu palmas curtas, três vezes consecutivas, balbuciou algo em outro idioma, ajoelhou-se, colocou a testa na terra, levantou-se, silente. Gertrudes havia preparado as indumentárias de Bará, destinada especialmente para a ocasião. O vestido alvo resplandecente, enfeitado com babados sobrepostos em cetim. Fita, no mesmo tecido e cor dos babados, que se transformaria em laço vistoso, enfeitando os cabelos da menina. Calcinha, sapatos e meias soquetes brancos novinhos. Roupas e acessórios, sobre a cama de casal, aguardando o momento exato para serem usados.

Após os preparos no quintal, banhou-se longamente, entoando cantigas ancestrais, dirigiu-se ao quarto da nora, demorou. Ao sair, usava bata longa, confeccionada em linho, bordado a mão em pontos cheios, realçando os desenhos ornamentais, em formatos de pássaros, folhas e margaridas. Emblemas representativos de majestade longínqua, executados por esmeradas bordadeiras. Os adornos partiam do entorno do decote em v, compondo motivo campestre, bordados em fios dourados, verdes e discretamente róseos, terminando abaixo da cintura. Os detalhes se repetiam resumidamente no punho das mangas compridas e largas, para facilitar os movimentos, como também na barra da vestimenta que findava na altura dos tornozelos da matriarca. Completando o figurino, ela ainda ostentava, enrolado em várias voltas em torno da cabeça, turbante bordado com ornamentos de flores e folhas douradas, que brilhava qual uma coroa real. Ela se vestira assim para homenagear as energias superiores do astral e não para agradar a um grande público.

Ao avistá-la no requinte dos trajes, desmensurou a admiração que Gertrudes nutria por ela. A sogra a havia acolhido no coração como filha, orientando-a e amparando nos momentos de dores e alegrias. Além do mais, Patrocina, nas agruras de uma vida simples, plena de lutas cotidianas, havia se transformado na tábua de salvação de muitos, garantindo a sobrevivência física e emocional aos que a ela estavam ligados, guiando e aconselhando. Era detentora de sabedoria imensurável que, para resistir, preservava-se invisível e misteriosa. Talvez, não soubesse a origem exata dos conhecimentos que detinha, mas os conservava a salvo das curiosidades predatórias e de prováveis usos indevidos por parte de pessoas imediatistas e inescrupulosas. Enterneceu-se frente às emanações de amor filial provindas da nora, sorriu benevolente; no semblante, amadurecido em mais de meio século de idade, estampava a docilidade. Mediante a sinalização do olhar determinou para Gertrudes se aprontar; o tempo passava rápido, as seis horas aproximavam-se. Despertada do êxtase contemplativo, atinou para a importância da solenidade e, rapidamente, trajou a túnica branca despojada que a D. Cina trouxera na surpreendente bagagem.

No banheiro, a matriarca banhou Bará com as ervas medicinais, prévia e meticulosamente preparadas, envolveu a menina em toalhas brancas, nunca usadas até então, carinhosamente a aninhou no colo, depois a vestiu com cuidados, sempre entoando canções. Interrompeu o canto, olhou para a neta dos pés a cabeça, sorriu. Admirou por instantes aquele rostinho vivaz. Pausadamente, com voz suave, explicou para Bárbara de forma simples, a importância do ritual que iria acontecer e, antes que a menina questionasse com infindáveis porquês, pronunciou alto: *"Ela é Bará. É Bará. É Bará, neta de Cina. Ela é Bará",* como se apresentasse formalmente a neta, a alguém invisível. A tarde findava. Luzes crepusculares coloriam o céu em tons alaranjado-avermelhado; ao fundo, como tela, o azul celeste transformava-se em azul cobalto, anunciando o início da noite. As três saíram vagarosamente, carregando os apetrechos, entre eles os baús-relíquias, destinados ao rito de passagem prestes a realizar-se. Portas abrir-se-iam a Bará, ressignificando o seu universo pautado pela ingenuidade infantil, fechar-se-iam outras portas sem controle, preparando-a para crescer. Ela não correria mais risco, possuiria as chaves de abre-e-fecha. Converter-se-ia na Senhora do Tempo, encontraria as trilhas do vento, não se perderia nos caminhos que percorreria sem estranhezas nem dissabores. Firmar-se-iam em Bará os elos do passado, do presente e do futuro, ela encontraria as verdades da sua existência.

O vento soprou, agitando as folhas das árvores, esvoaçando as vestes e sussurrando aos ouvidos, saudando-as: *"É Baraaaaá. É Baraaaaá. É Baraaaaá."* Elas representavam os três estágios possíveis da existência: Patrocina, a mais velha, Gertrudes Benedita, no esplendor e vigor das mulheres de trinta, Bárbara, a Bará, menina ainda, que via coisas estranhas, possuía o dom inato de trilhar caminhos. *"Garota avoada e desastrada"*, nos dizeres de Zé Galdino que percebia nela as mesmas esquisitices de Patrocina, momentos de ausência mesmo estando presente, o pensamento flutuando em outros lugares. Ele fingia não perceber, no entanto reconhecia na neta comportamento igual ao da esposa, agravado pela espontaneidade pueril: *"Médico da cabeça. Tem que ser levada a bons médicos"*, comentou ele certa feita, num almoço de família. *"Esta criança se distrai à toa, é desastrada, derruba, quebra as coisas. Médico de cabeça. Ouçam o que eu digo!"*. Silenciou, fulminado pelo olhar de desaprovação de D. Cina, preocupada que a neta pudesse acreditar ter algum defeito de cabeça. Galdino calou-se, mas entre lábios resmungou mordaz: "Às vezes esta garota é o desastre em pessoa. Quando vai leva a porta, quando volta leva os batentes". Se Ézio ouvisse, riria à larga; o menino, além de ser cúmplice do avô, não perdia a chance de arreliar a irmã.

Seis horas, ao pé da pitangueira, D. Cina deitou Bará sobre uma toalha branca estendida no chão, em vértice com o galho, posicionando-a com a cabeça entre a forquilha, completando o mostrador do relógio-terra com o corpo infantil configurando o ponteiro marcador das horas. Elevou as mãos para o céu balbuciando oração, reteve lágrimas emocionadas. Distribuiu os baús ao redor da circunferência sulcada na terra, a canastra maior na base da árvore junto à raiz, as demais distanciada entre si a um quarto, formando um quadrante, configurando um mostrador do instrumento do tempo infinito. *"Vamos, filha. É chegado o momento. Viaje nos seus pensamentos. O vento é o seu guia, sua bússola, seu mapa. Daqui para frente você está no seu próprio comando. Vá! A sabedoria do tempo imemorial lhe pertence. Você se pertence agora. Estarei junto a você, mesmo estando distante. Bará! Você se pertence agora"*. Enfática, ordenou: *"Feche os olhos, deixe seu pensamento voar livremente!"*.

Pelas pontas da toalha, movia o corpo-menina com suavidade, compassadamente, em intervalos regulares qual um tiquetaquear. Tique, um movimento, taque outro, pacientemente, como se ajustasse delicado mecanismo. A cada tique-taque, ordenava materna, carinhosa e enérgica: *"Vá minha filha, vá, viaje, viaje. O vento é o seu guia. Trace o seu caminho. O destino é a gente quem faz. Vá!"*. E a pequena viajou, um bem-estar indescritível percorreu-lhe por inteira, ao longe soavam as cantorias que sempre a acompanharam em sua curta existência de sete anos. Caminhou por uma estrada estreita, íngreme, montanha acima, luzes fluíram dos recantos envolvendo-a, uma brisa suave, aprazível, tornava-a leve, era como se voasse. Subia e subia, lentamente; próxima ao topo, avistou uma clareira, intenso brilho a impedia de vislumbrar formas, aproximou-se, sem receios, a cantilena se intensificou. Anciãs, sentadas em círculo, batiam palmas cadenciadas, entoavam ladainhas em louvação. Bará estancou, paralisada, fascinada. As idosas usavam roupas brancas e longas, iguais as de D. Cina, se distinguindo nos motivos e cores dos bordados, bem como nos turbantes, em forma de singulares coroas, insígnias de pertencimento a uma irmandade remota, cuja existência se confundia no tempo. Abrindo espaço, ordenaram, sem proferir palavras, que a novata se juntasse a elas. *"Este lugar é seu, estávamos esperando você há muito tempo"*.

Hesitante, sempre disposta a interagir com o inexplicável, titubeou. Mas logo se moveu a passos lentos, aceitando o convite. Saudavam-na com palmas estrondosas. As vozes unidas aceleram o ritmo da cantiga. Com acenos de cabeça retribuía a acolhida. Sentou-se, ocupando o lugar demarcado, a energia brotava nela, levantou-se e dançou, fortalecendo-se ao ritmar os pés em contato com a terra. A sensação de ser uma delas a fez crescer, flutuar e, como a um passe de mágica, as roupas que vestia mudaram, na cabeça não mais o laço de fita e sim adornos-insígnias. Dirigiu-se ao meio da ciranda, reverenciou uma por uma das anciãs com meneios corporais. Concluídas as saudações, posicionou-se, na roda da ancestralidade matriarcal. Olhou para o lado direito e vislumbrou a querida avó Patrocina sorrindo iluminada. *"Bará! Bará!"*. Ao longe, voz familiar a chamava. *"Bará! Bará! Querida, volte! Ainda não é hora. Querida, volte!"*

Relutava em regressar, assim como vacilara em assumir o posto a ela reservado no clã das anciãs. *"Bará! Bará! Volte, vamos, menina volte!"*. O chamado a obrigava, e a contragosto, decidiu voltar. As dinastas senhoras entoavam cantiga de regozijo. *"Bará eee. Bará deleventá. Bará deleventá. Bará eee. Eneaaaa. Eneaaaa. Eneaaaa. Bará deventá. Deleventá. É Bará"*. Afagavam-lhe o rosto, mãos carinhosas exalando o odor de ervas maceradas com predominância do manjericão. *"Vamos querida, está tudo bem. Você está de volta"*. Curvada sobre ela, D. Cina, sorrindo, a levantou, Gertrudes a abraçou como se ela tivesse chegado de longa viagem. No centro do círculo-relógio-terra, unidas, as três mulheres concentraram o olhar no céu. Irmanava-se, ali, o passado, o presente e o futuro: D. Cina, D. Trude, Bará.

No firmamento, reluziam sinais revelando que a circunstância fora propícia à propositual escolha de Patrocina em realizar os ritos de iniciação de Bárbara. A noite exibia, orgulhosa, infinitas estrelas pisca-piscando, cintilando coadjuvantes do espetáculo apresentado pela conjunção da Lua, Vênus e Júpiter, fenômeno raro, observável a olho nu, que acontece a cada meio século. Vênus, como estrela Vésper, fora naquele anoitecer o primeiro a entrar em alinhamento com a Terra e a Lua. Aos poucos, Júpiter, o maior planeta do sistema solar, denominado em tempos idos como estrela falhada, apareceu brilhando em prata. Vênus, Júpiter e a Lua crescente permaneceram no céu, formando um triângulo luminoso, tempo suficiente para a confirmação de Bará na essência da ancestralidade, ligando-a à linhagem secular de mulheres resistentes, fortes, vigorosas e decididas. Assim que Vênus e Júpiter ficaram ocultados pela Lua, a tríade - Bará, Gertrudes e Patrocina - soltaram as mãos, bateram em uníssono três palmas compassadas. Saudavam e avisavam às energias presentes: *"A sina se cumprirá!"*. Logo após, D. Cina, que dirigia o rito, retirou, de uma das arcas, uma corrente de prata com um berloque pendurado que reproduzia em desenho o fenômeno do meio do semicírculo. *"Agora Bará, além de Senhora do Tempo, você tem também a chave. Não vai se perder"*. E solene pendurou o talismã no pescoço da neta.

A VIAGEM DE D. CINA

Patrocina foi embora. Antes, porém, plantou margaridas no contorno do círculo sulcado na terra, no centro enterrou o umbigo da neta. *"Você guardou esse umbigo por todos estes anos como eu orientei, enrolado em papel de seda e dentro desta peça de cerâmica. Agora é hora de devolvê-lo à terra. Bará estará sempre ligada a estas recordações. Não importa o mundo que viajar. Os lugares que pisar. Aqui é o seu ponto. Sempre. É a segurança dela, se por acaso, um dia, ela se perder nas procuras, este é o ponto. Se achará, sempre".* Fez recomendações para a nora não se descuidar, em momento algum, da natureza dos netos. *"Sim, Trude. Todos nós temos nossa natureza. E temos que procurar viver em harmonia e equilíbrio com ela. Você sabe do que estou falando. Cuidamos de Bará, porém, Ézio e Velma também são especiais. De uma especialidade diferente, mas especiais. Bará carrega consigo as turbulências do vento. E por isto, todo esse tratamento a ela dispensado. Os outros não precisam tanto, mas tem-se que ficar atento. Não descuidar. Seguirão os seus próprios caminhos. Mas deixa o futuro para o futuro. Digo isto porque não estarei mais tão presente. Você dará conta do recado. Sei que dará".* Despediu-se de todos como nunca mais fosse vê-los. Desconfiança aguda, com pitada de angústia, atingiu o coração de Gertrudes. *"Será?...".* Deixou escapar a dúvida em voz alta, mas disfarçou. Não queria entristecer o marido e os filhos.

A vida de Bará transcorria sem as costumeiras crises de ausência, a saudade da avó amainava-se quando exibia toda prosa a joia que ela lhe dera, deveria usar por um período, depois entregaria à mãe para guardá-la em local seguro. Seguindo orientações asseverada por Patrocina, fez boca-de-siri, não comentou nada com os outros, apesar da insistência de Suelma e Ézio. *"Não adianta, ela colocou um zíper na boca. Azar dela que não foi brincar na Danaide. Acho que ela ficou de castigo".* Ézio, como de costume, arreliava a irmã, apelando para o divertimento que tiveram na casa de Danaide. Eles insistiram em vão, ela não diria nada mesmo. Segredo que guardou a sete chaves, aliás, era dona da chave, mas não podia dizer. Velma reclamou com a mãe, queria uma chavinha também. *Porque só ela tem, e eu não".* Falou toda manhosa fazendo beicinhos de choro. Não conseguindo seu intento com a genitora, apelou para a madrinha, que sempre lhe fazia mimos, que a presenteou com um coração pequeno banhado a ouro, com minúscula pedra incrustada imitando rubi, o que lhe custou algumas trouxas a mais de roupa para lavar. *"Agora eu tenho um coração. Tenho dois, um dentro do peito e outro pendurado no pescoço".*

A Vila se desenvolvia depressa, o asfalto havia engolido a terra de várias ruas, a linha de ônibus avançava com novos itinerários. O Sr. Afad, antes do novo traçado, comprara os terrenos ao redor, adquirira os estabelecimentos dos vários pequenos negociantes, expulsando os antigos fregueses e moradores da Esperança; o seu patrimônio crescia cada vez mais, porém não adquiria novos ônibus que se tornavam deficitários, com longos intervalos entre os veículos. A satisfação no dia da inauguração transformou-se em reclamações diárias dos moradores que trocaram as caminhadas a pé por extensas filas de esperas intermináveis e viagens desconfortáveis com superlotações. Mauro, preste a fechar sociedade com o Afad, providenciava a papelada com idas frequentes ao escritório do advogado, sobrecarregando D. Trude nas tarefas do comércio. Ela preocupava-se, não queria perder a quitanda, o objetivo era expandir, alertava o marido a redobrar a cautela, cercar-se de garantias, para não se arrepender mais tarde. *"É o progresso, Trude. É preciso expandir, crescer. É o progresso. É preciso progredir, sem medo",* respondia ele, com o intuito de tranquilizá-la, ponderando os riscos se fregueses, renda certa, sumissem, comprometendo o faturamento mensal logo agora que investira na compra da casa de Georgina e providenciava a reforma, contratando os pedreiros. Arriscava-se além do previsto, mas a oportunidade tinha surgido, não deixaria escapar. Garantiu-se com clausura contratual de rescisão; caso acontecesse dissolução da sociedade, ele ficaria com o que conquistara com o seu esforço e o de Gertrudes.

Caminhando pelo Viaduto do Chá, ele observava as lojas locais e o afluxo de pessoas. E, apesar de ser apenas mais um rosto na multidão, seu coração se expandia em sonhos. Sorriu para a cidade que acolhera sua família, sentia-se pertencer a aquele lugar cheio de contrastes e oportunidades. Dirigia-se, como fazia uma vez por semana, à sala de costura da mãe, estrategicamente localizada em local movimentado, facilitando o atendimento à freguesia fixa e exigente, conquistada ao longo dos anos. Ele levava os documentos, pediria a bênção e os conselhos dela, Patrocina solicitaria ao astral bons presságios. *"Ah! Patrocina. Dona Cina. Tinha o poder de mudar a própria sina e das pessoas que dela se aproximavam"*. Pensava na mãe com carinho, admirava principalmente sua tenacidade, recordando como ela se tornara costureira.

Eles moravam em casa de cômodos no bairro Bexiga, aluguel barato e próximo da oferta de trabalho para as cozinheiras. Celeste com quatro anos, Mauro, praticamente, de colo. Após o expediente no fogão, Patrocina, sabendo pouco de costura, mas ainda nada de molde e montagem de peças, arrumava tempo para casear as roupas de uma pequena oficina de costura. Um dia, percebeu que poderia ganhar mais se ela fizesse as peças inteiras. Aprendeu, usando a perspicácia, começou com cortes simples, roupas de ficar em casa, cobrando o feitio mais barato que o usual. Em certa oportunidade, ela aceitou fazer um vestido godê enviesado, treinou em tecido barato, o caimento ficou péssimo, todo torto, o prazo de entrega findava. O pagamento adiantado fora gasto com o aprendizado e outras despesas, não se abalou, encomendou a outra costureira um vestido no mesmo estilo, o desmanchou inteiro fazendo um molde, depois, cortou e costurou uma linda roupa para a freguesa. Sua mãe era uma guerreira mesmo! Mauro satisfeito, feliz em ser seu filho, levava um saco de frutas fresquinhas: maçãs, peras, uvas, que ela tanto apreciava.

Chegando à porta da sala, dividida com biombo em dois ambientes, um para a costura propriamente dita, o outro organizado com sala de espera. Além de cadeiras cômodas e o mostruário de tecidos, figurava ali um manequim que exibia o último trabalho, à espera da prova derradeira, com alfinetes espetados aqui e ali, demarcando os possíveis ajustes a serem feitos. Ele entrou, a porta permanecia sempre encostada, fazendo-se anunciar para não flagrar nenhuma freguesa da mãe em trajes menores. *"Oh! Cheguei. Tá sozinha? Trouxe frutas fresquinhas. Vem provar, a uva está doce que só o quê. Vou lavá-las. Hum! Estão cheirosas, A senhora vai gostar".* Dirigiu-se ao banheiro e na pia lavou cuidadosamente as frutas. Ao voltar, percebeu que a mãe, no outro compartimento, estava deitada. Aproximou-se: *"Está cansada? Já falei pra não trabalhar demais assim. Olha, D. Patrocina, os seus filhos já estão criados. Olha pra mim. Veja, eu vim para ... ".* Aproximou-se lentamente, não queria acordá-la, mas estava ansioso. *"Mãe... mãe... mãe".* Ela não respondia. Mauro desesperou-se. *"D. Patrocina! Não brinca assim!".* A mãe gostava de pregar peças, fingir-se de morta, esconder-se atrás da porta e assustar o Galdino, se fingindo de assaltando. D. Cina, além de bulir com as sinas de todos ao seu redor, adorava entreter-se teatralizando sinas. A tocou com as pontas dos dedos, depois com a mão toda, em seguida a sacudiu. *"Mãe, mãeee. Não brinca assim. Mãeeee, está me assustando!!! Mãe eeeeeee!".* Apavorou-se, como nos tempos de criança, o quarto escuro, os pesadelos fantasmagóricos. Patrocina, sempre tão vibrante, num último esforço vital: *"Mau... "*, a última palavra dela, antes da longa viagem. A cabeça pendeu para o lado e a saliva escorreu pela boca num filete quente e fininho. *"Mãe, não. Não se vá. Não!".* Lágrimas desesperadas escorreram-lhe na face, embaçando os óculos, que usava desde a adolescência. Incrédulo. *"Mãe, mãezinha!", balbuciava* entre soluços intermináveis. Apanhou um pequeno espelho e colocou-o abaixo do nariz da matriarca inerte. *"Não embaçou. Não embaçou."*, gritou. *"Ela se foi para sempre. Se foi".* Com uma toalha umedecida, derradeiro carinho, limpou o rosto da mãe, ajeitando-o de contra o travesseiro. Ela parecia sorrir, beijou-a longamente na face, despedindo-se entre soluços. Desesperado, levantou-se trôpego, havia providências a tomar. Chamou a vizinha, comunicou o ocorrido; ela, chorando copiosamente, ficaria na sala até ele retornar com o médico para atestar o óbito. Aparvalhado, retendo a dor e os sentimentos de desamparo, mentalmente fazia lista das pessoas para avisar. *"Trude, como reagiria?"*.

21
OS AVISOS

O vento, naquele dia, resolveu fazer-se forte, para a satisfação dos meninos que empinavam pipas na rua. Bará, postada à janela do quarto, a fita branca, qual borboleta amarrada nos cabelos, agitava-se. A menina, ora absorvida em algum detalhe do caminho, ora distraída, admirando os corcoveios dos brinquedos de papel no céu, imaginava coisas. Avistou Gertrudes em passos apressados descendo pela curva, desceu rápido da cadeira, *"Danaide, Danaide, mamãe está chegando. Não é hora? É?"*. Corria, parecendo voar com aquelas asas de borboleta atadas aos cabelos. Danaide não lhe prestou atenção, atarefada com os afazeres domésticos; afinal, a menina vivia vendo coisas que não estavam lá, além do mais as crianças comportavam-se estranhamente, talvez impressionadas pelo faniquito de Velma, ao acordar. Tinha despertado aos berros, tinha sonhado com um monstro enorme, envolto em panos brancos esvoaçantes, saído do escuro.

A aberração vinha a passos lentos: vum, vum. vum, a ameaça traduzir-se nos sons dos passos. Ela postava-se à frente dele, tentava impedi-lo de seguir. Vum, Vum, vum. Ele passava como se não a visse. Vum, vum, vum. Levaria um dos seus familiares queridos. A pequena corria, adiantava-se a ele, se postava de novo à sua frente. Vum, vum, vum continuava subindo a rua, ignorando-a, seguia. Ela, numa tentativa desesperada, posicionou-se em frente ao portão. Vum, vum, vum, ameaçador, avançava. Vum, vum, vum, mais próximo, mais próximo. Sentindo-se imponente, Velma começou a gritar. *"Não... Não... Não... Não vai levar, não!"*. Agitava os braços, para impedir o avanço daquela criatura apavorante. Chutava o ar para acertá-lo. Aterrorizada e solitária na batalha, de repente avistou um cavaleiro a todo galope, com armadura, lança e espada, montado num cavalo branco. Ao som vum, vum, vum somou-se o pá-cá-tá, pá-cá-tá, pá-cá-tá frenético das patas do corcel atritando-se contra as pedras do caminho, avançando contra o monstrengo esgazeado. Acordou aos gritos. Concomitante ao alvoroço causado pelo despertar tumultuado da caçula, o quadro de São Jorge despencou, de trás da porta de entrada da sala, onde ficava pendurado. A queda seguiu um ritmo misterioso: a parte superior da moldura bateu de contra a porta - pá-cá -, depois a parte inferior - cá-tá -, repetidas vezes. Finalmente, alcançou a soleira, a parte da gravura virada para cima, o vidro não quebrou, o cordão de sustentação não rompeu, o prego, que o segurava na parte, não entortou.

"Calma, filha! Calma! Foi só um pesadelo. Sonhos ruins acontecem. Fica calma. Mamãe está aqui. Olha! Não foi nada". Gertrudes a acalmava, disfarçando os próprios receios, acreditou em mau presságio pelo despencar do quadro, colocado ali por Patrocina, para resguardar a família. Bará, Ézio, rostos curiosos, assustados, se chegaram à irmã, com o intuito de fazer pilhérias, mas, ao perceberem nela a luz do medo, tremendo, mesmo agasalhada nos braços protetores da mãe, recuaram. Velma, confortada, tranquilizou-se. De pijama, Mauro vistoriou o local onde se encontrava o quadro, verificou o prego, a porta, o cordão, e por fim apanhou a peça do chão, colocou-a sobre a mesa da sala, sem atinar o motivo da queda de São Jorge da parede. Ele, com cara de sono, relegou o episódio, mas no íntimo temeu por más notícias, sentiu aperto no coração. Danaide, ao chegar percebeu o rosto assustado da afilhada. Gertrudes confidenciou os temores, recomendou atenção redobrada para com a caçula. A comadre pilheriou para afastar as más impressões. *"Que isto? Criança é assim mesmo. Você sabe, basta se agitarem um pouco mais de dia, já podemos esperar, xixi na cama à noite, pesadelos, medo de fechar os olhos para dormir. Criança é assim mesmo. Uma hora está pulando feliz e na outra está aos berros por causa de uma bobagem. O quadro? Bom, o quadro, vai ver que ficou pesado demais para o prego. Ou, talvez, o dragão resolveu soltar um pum daqueles… e nem São Jorge aguentou"*. No entanto, o gracejo não aliviou a cisma de Trude, que num arrepio medular, guardou para si os agouros.

"Mamãe tá vindo! Eu vi. Eu vi, lá na curva. Eu vi, eu vi", Danaide, ouvia Bará. Resmungou enquanto estendia as roupas no varal: "Estas crianças estão terríveis hoje. Vendo coisas onde não tem nada. Velma até derrubou São Jorge hoje cedo. Não deve ser nada, não. Bará está querendo chamar atenção. Só pode ser isto. Só pode". Esbaforida, correndo como vento em direção à madrinha de Velma, tentava convencê-la de que não estava inventando. "Eu vi, eu vi. É mamãe sim. Está apressada, pisando duro. Ainda não é hora de ela chegar, é?". Devido ao descaso frente aos seus apelos, começou a gritar: "É mamãe sim, vem ver. Vem". Como a mulher ainda relutava em lhe dar ouvidos, agarrou-lhe a mão tentando arrastá-la. "Vem! Vem! Vem ver". Danaide, não era de se irritar, ou melhor, se irritava sim, mas não dava para saber quando o seu riso significava raiva ou felicidade. "Para, assim vou derrubar a roupa limpa. Para agora mesmo!". Com a insistência da pequena, resolveu, mesmo a contragosto, atendê-la, seguindo-a. Deparou com Trude entrando pela porta principal, em prantos convulsivos. Assustada, abraçou a amiga que não conseguia conter o choro. "Ela se foi. Ela se foi...". Agitava-se, soluçava e repetia: "Ela se foi... se foi... pra sempre se foi!". Impotente, aguardava a revelação do motivo de tanto desespero. Mas, no fundo, intuía a causa do comportamento desamparado da mulher forte que ela tanto admirava. "Calma, comadre, calma! O que aconteceu, conta? O que foi? Estou aqui para lhe ajudar". Mas, a outra não se acalmava, sem ação, chorava de corpo inteiro. Dominava-a sentimento irremediável de perda. Chorava a segunda orfandade de sua vida. Ao ver os olhos da filha, assustada, nunca vira a mãe naquele estado, recompôs-se com esforço, no exato momento em que Velma entrava, seguida pelas outras crianças, atraídas pelo alvoroço causado pelo choro-lamento de Gertrudes.

"Sei que não estou sendo, mas temos que ser fortes. Patrocina, Patrocina", gaguejava, incrédula. "Patrocina se foi para sempre!", conseguiu dizer, retendo a emoção, pronta para explodir, em nova convulsão chorosa. "Eu bem que estava adivinhando. Eu sabia, ela estava estranha com aquela conversa. Eu sabia". Sentou-se e sorveu o copo de água com açúcar que Danaide lhe oferecia com mãos trêmulas. "Eu sabia! Além dela mesmo estar alertando todos os dias em que esteve aqui. Eu sabia! Ainda teve o pesadelo de Velma, coitadinha. Mas comadre, eu não queria acreditar. Hoje, quando o Mauro saiu, eu tive maus *pressentimentos, mas me calei. Achei que fosse preocupação com os negócios. Mas, pouco antes do Sargento Azeitona chegar com a notícia, eu ouvi um estrondo, como se as prateleiras do lado esquerdo da entrada da quitanda estivessem despencando ao mesmo tempo. Imagine, comadre, o barulho. Eu estava na parte dos fundos separando os maços de cheiro-verde. Corre assustada para verificar o que havia caído. Nada! Tudo estava no lugar. Nada havia despencado. Tive uma tontura, tudo ficou escuro por segundos. Quando me recuperei, deparei com o Sargento à porta, no olhar o espanto, como se tivesse visto fantasma".*

Contou num só fôlego, sem respirar, sorveu um gole de água, permaneceu pensativa, distante. *"Morreu, se foi. Morreu!".* Voltou a falar num repente. Repetia, tentando se convencer do fato irreversível. Danaide, com os olhos vermelhos de ter chorado na cozinha, um choro-riso silencioso, para não aumentar o desespero de Trude. *"As coisas são assim mesmo! Parece que ela já sabia que ia viajar pra longe. Destas viagens sem volta. Destas viagens de que se leva só a bagagem que trouxemos para o mundo, nós mesmos. E deixa-se recordação para as pessoas amadas e que nos amaram, e o alívio para aquelas que nos menosprezavam. São assim as coisas. Acalme-se".* De chofre, preocupou-se com as coisas práticas. *"Quem está tomando as providências necessárias? Onde ela será velada? Aqui? Na oficina? Lá na casa recém-comprada que ela e Seu Galdino chamam de Matinho? Onde?".* As palavras da comadre a despertaram para a dura realidade. Não podia se abater agora. Deveria estar do lado de Mauro, egoísmo colocar sua dor como maior que a dos demais.

Atinou que as recomendações de D. Cina, no dia em que abriu os baús, eram a manifestação do último desejo, abraçou a comadre, entre soluços, extravasaram a mágoa pela grande perda, *"Agora chega! Não temos tempo a perder nos derretendo em lágrimas".* A frase, mais para si mesma, soou como um mantra, com o poder de lhe refazer a força que tinha se esvaído ao receber a notícia enviada pelo marido, através do telefone da delegacia da Esperança. *"Agora chega! Mãos à obra, sem perda de tempo. Lembra-se que Patrocina disse para vesti-la com o taier branco que ela costurou especialmente para esta ocasião?",* indagou, enxugando as lágrimas, empertigando-se. *"Lembro sim, disse que havia* uns bolsos embutidos", recordou Danaide. *"Os bolsos, as bonecas, o taier, onde estão? Tenho que tomar providências!"*. Apressou-se, não poderia se abater, nem com a morte. *"Onde será que estão? O tempo passa rápido e a exigência do dia a dia nos faz esquecer onde guardamos coisas importantes. Onde será que eles estão. Onde?"*. Encontrou os baús, separou as cinco bonecas, guardou-as na bolsa. *"Fica com as crianças, Danaide, eu preciso preparar D. Cina para a longa viagem, fazer do jeito que ela queria"*.

Apaziguaram as crianças assustadas que perguntavam, ao mesmo tempo, se a avó viajara sem se despedir delas, sem as levar ou prometer presentes. A única que atinou para os acontecimentos foi Suelma que já presenciara a dor da perda com a morte da própria avó. *"Sim, ela foi viajar para um lugar bem longe, bonito, e não vai mais voltar"*. Sussurrou para Velma que fez beicinho de birra e chorou. *"Não vai mais voltar? Não vai mais? Foi o monstro dos meus sonhos que veio pegar ela? Não vai mais… Não vai mais!"*. Ézio amava muito a avó, a considerava só dele, ficou bravo, ela não voltaria mais e não o levara ao passeio. *"Eu sou o primeirão. Ela sempre falou isto. E agora não leva o neto primeirão dela? Eu quero ir… Eu quero ir. Sou o primeirão, tenho que ir"*. Corria em círculos, esmurrava as coisas que via pela frente. Reivindicava o privilégio de ser o primogênito, o primeiro sobrinho, neto e homem, como se vangloriava Galdino. Ézio extravasava a raiva envolta em vários sentimentos; o maior deles, o desapontamento por ter ficado.

Bará, paralisada com o descontrole dos irmãos, via para além, como a um filme, em primeiro plano, o conselho das antepassadas que conhecera no dia da lua bonita, com duas estrelas brilhantes ao redor. Patrocina chegava naquele lugar, recebida com festas e cantilenas, as anciãs cantavam naquele idioma, familiar para Bará; ela entendia, mas não sabia pronunciar. Aturdidas pela confusão armada pela criançada, as mulheres, que acumulavam as próprias emoções, mas, diferente dos pequenos, tinham obrigações a cumprir, não podiam deixar correr solta a dor. *"Parem! Nós iremos nos despedir da vovó. Será um tanto diferente, mas vocês têm que tomar banho, trocar de roupa, ficar bem cheirosinhas, ela sempre gostou. Suelma, que é a mais velha, vai comandar. Tá bom? Não quero algazarra, vocês terão que se comportar, começando agora. Não quero ouvir um pio!"*. Gertrudes, pondo ordem na bagunça, ordenou enérgica, teria que vestir Patrocina, organizar o velório junto com Mauro, mesmo zonza pelo baque.

22
O VELÓRIO

A notícia se espalhou, morro abaixo, morro acima, na Vila Esperança, a casa se encheu de choro, desespero, soluços e lamentações pelos quatro cantos. Dona Patrocina, imponente no respeito e na abnegação, conhecida por ser parente dos quitandeiros, querida pelo mérito e disposição para ajudar a quem dela precisasse, aconselhando, amparando nas necessidades, rindo junto na felicidade. Danaide, Bizoca, outras vizinhas e amigas mais íntimas preparavam o café, afinal virariam a noite velando. *"Bom, de estômago vazio a gente não consegue nem chorar",* alfinetava Bizoca que, sem perder a oportunidade para destilar o seu humor cáustico, cuidava do tacho de óleo quente no fogão, pronto para receber a massa de farinha que se transformaria em bolinhos de chuva. Gertrudes deixou a casa aos cuidados das amigas, foi ao encontro de Mauro, levava valise com roupas e objetos para preparar a sogra, amparar o marido, desconsolado.

O corpo chegou dentro do melhor caixão disponível na funerária, a família, as freguesias, os amigos não pouparam despesas, demonstração de afeto e importância da matriarca em vida e nas vidas daqueles que compareceram para as despedidas. Muitas coroas de flores, com mensagens de saudades e pesar. Não parava de chegar gente, de todas as classes sociais, ex-patrões dirigindo carros que as ruas empoeiradas da Esperança nunca experimentariam em seu traçado irregular. A cada nova presença repetiam-se as expressões de lamentos. *"Não, não pode ser! Eu não acredito! Ah meu Deus!".* Os moradores da Vila, sem nenhum pudor, davam faniquitos, em gestos e ameaças de desmaios, os de fora, aparentando refinamento, querendo controlar-se, perdiam a compostura. Celeste amuara-se, sentada próxima ao caixão, abandonava-se em choro silencioso, apertava as mãos, ouvia as frases de pêsames como se estivesse em outro lugar, parecia ausente do espetáculo proporcionado pela manifestação de dor dar pessoas.

Zé Galdino, para o espanto geral, era a imagem do desamparo. Chorava como criança órfã, o que rendeu comentário sarcástico de Bizoca. *"Quem diria! Quem iria imaginar que ele sofreria assim? Só pode ser fingimento para impressionar"*. Continuaria as alfinetadas se não fosse um psiu enérgico do Sargento Azeitona, lamuriando ao lado dela, com o rosto brilhando pelas gotículas salgadas que vertiam de seus olhos e ele enxugava com as mãos, espalhando pela face inteira. Deitada, mãos postas, rosário de contas pretas entre os dedos, contrastando com o reluzente branco do taier que lhe destacava as formas esbeltas, realçava a postura altiva, imponente, ereta, digna e independente que sempre tivera em qualquer momento, na privacidade descontraída do lar ou nos acontecimentos mais públicos. Dona Cina, de olhos para sempre fechados, nos lábios já esbranquiçados pela ausência de vida, desenhava um sorrir brando, paciente.

Dando conta de sua viuvez, Galdino aproximou-se, contendo a tristeza, fez um afago no rosto gelado de Patrocina. Recordações vieram à mente com a velocidade de um relâmpago. A recente, talvez única, dança realizada de forma tão terna ficou para sempre na lembrança, o calor do corpo da esposa e o arrepio causado pelo seu afago nos cabelos dele perto da nuca. Para disfarçar a sensação de abandono, pegou Velma no colo, aproximou-se da borda do caixão. *"Olha, netinha, ela está dormindo. Dormindo para sempre. Ela morreu, nunca mais vamos vê-la"*. Usava a neta como desculpa para consolar a si mesmo. No ambiente triste, amigos, parentes, conhecidos consternaram-se com a sua desolação. Velma, vivenciava os acontecimentos como diante de uma grande festa diferente, as pessoas choravam e conversavam sem música. Não atinava com as emoções demonstradas, mas na comemoração do aniversário de Bará teve um momento em que os adultos choraram. Adorou o colo do avô, podia ver de cima para baixo como os adultos. Com ingênua perspicácia, tentou amenizar a aflição dele: *"É vovô, não chora não. O senhor está triste porque agora o senhor não tem mais com quem brigar. Isto é bom. Não é?"*. Zé Galdino constrangeu-se pela resposta da neta, ficou sem atitude, as rusgas constantes do casal eram conhecidas. Os presentes se esqueceram, por instantes, que estavam num velório e soltaram gargalhadas estrondosas e espontâneas, recompondo-se de imediato.

Decorria o tempo, os bolinhos de chuvas evaporaram, bules e bules de café eram ingeridos para manter a vigília madrugada adentro. Zé Caniço trouxe uma garrafa de cachaça escondido e que adicionava à xícara fumegante com o líquido preto, transformando-o num roxo forte. Logo a manobra foi percebida por outras pessoas que aderiram à mistura. *"Estão batizando o café"*, observou astuta Bizoca. *"Espero que não haja confusão. Sabe como é? Bebida é desculpa porque se está triste ou porque se está alegre. Sabe como é?"*. E Danaide sabia que Onofre, com a desculpa do frio e da tristeza, estava se acabando no roxo forte. *"Deixa, Bizoca, se nas festas nunca teve confusão nesta casa, hoje é que o pessoal vai respeitar mesmo"*, disse, desconversando. Neste momento, entrou porta adentro a Mãe Bijandira, sacerdotisa do Candomblé Caboclo Bijandira, que só saía de seus domínios em ocasiões especiais e religiosas. Acompanhava-a um séquito de homens e mulheres vestidos de branco, as mulheres traziam turbantes de cores variadas. Ela circundou o local onde a finada estava colocada no centro da sala, os pés voltados para a porta principal, fez uma espécie de reverência, dirigiu-se ao casal, cochichando ao ouvido, pedindo permissão para realizar ritual de despedida, visto a importância espiritual de Patrocina.

Negar autorização foi o primeiro ímpeto de Mauro, segundo ele, sua mãe não seguia qualquer religião. Às vezes frequentava a Casa de Mãe Bijandira em determinadas festas. Em vida, era devota, fazia orações, sabia benzer dores, guiava-se por conhecimentos os quais mantivera em segredo e que se foram com ela. Estava enganado, Gertrudes confidente e guardiã, conhecia os mistérios da matriarca, ocultos nos baús, sabedorias de que o esposo jamais poderia supor a existência e que foram passados para a filha. Convenceu o marido a autorizar as últimas homenagens propostas por Mãe Bijandira. Contrariado, concedeu, mais para não causar constrangimentos do que por convicção. *"É, Trude, que mal haverá? Nenhum, não é mesmo?".* Por dentro agradeceu a Deus que, àquela hora da madruga, só os mais íntimos estavam presentes; os por ele considerados mais requintados que poderiam não entender a cerimônia da Mãe de Santo haviam se retirado, prometendo retornar para o enterro.

Autorizada, Mãe Bijandira fixou o olhar nos cinco montinhos sob o taier branco de Patrocina, sorriu cúmplice para Trude, que cismadas murmurou baixinho: *"Será que ela sabe? Será?".* Ao comando da sacerdotisa, o séquito que a acompanhava, entoando cantilena numa linguagem própria utilizada nos rituais da casa de santo, fizeram um círculo em volta do esquife. Homens e mulheres, um coral de canto e contracanto, misto de lamúria e de alegria. Lamentavam a perda, se regozijavam com a possibilidade de ela encontrar o caminho de volta para o seu local de pertencimento, ficar em paz. Eles entoavam melodia vivaz, como a passagem de D. Cina pelo mundo da matéria, onde compartilhou felicidade, tristeza, dores, amores, enfim vida. O canto invadia a madrugada, extravasava a sala, percorria todos os caminhos da Esperança por onde a matriarca havia imprimido suas pegadas, na poeira e no asfalto. O concreto de vozes ressoava, elevando-se no infinito da noite, objetivando alcançar as estrelas. Mãe Bijandira, postada à cabeceira, tocava uma sineta, balançava os braços compassadamente. Ao seu sinal, os homens e mulheres que estavam em círculo ergueram balaios repletos de pétalas de rosas brancas e lançaram por sobre o inerte corpo, as pétalas cobraram o esquife, interromperam a cantoria, proferindo em uníssono a saudação de despedida, num linguajar ritual.

Os que não faziam parte daquele séquito, não entenderam os ritos nem as cantilenas, visto que proferidas na língua dos ancestrais, com significado facultado apenas aos iniciados, mas compreenderam com a emoção e, com a voz embargada, arriscavam-se a acompanhar o coro. Cumprida a missão, Mãe Bijandira retirou-se, digna e em silêncio, assim como havia chegado, levando com ela o cortejo que a seguia. Despediu-se de Mauro e Trude, agradecendo a permissão, ignorando o semblante contrafeito de Galdino. A madrugada findava-se, cansaço nos rostos sonolentos de alguns, outros, não resistindo ao sono, cochilavam, acomodados em cadeiras e bancos. Havia ainda os que, assim como Onofre e Zeca Caniço, aproveitavam a quietude para conversar e relembrar os feitos da falecida. Ouviam-se aqui e ali risos abafados ao recordarem os fatos mais hilariantes. *"É, ela não era de fritar bolinhos, não. Sorria e se zangava com a mesma força. Boa pessoa! Boa pessoa mesmo, poderia ficar mais um pouco entre nós. Vai ver que lá em cima estão precisando da energia dela".*

  Enfim chegara a manhã, os bolinhos de chuva e o café foram reforçados com pão com manteiga e leite. *"Temos que ter forças nas canelas, afinal o cemitério não é perto. E muitos terão que ir a pé, se não tiver a sorte de pegar carona com os bacanas motorizados"*, comentava com a exausta Trude a Dona Bizoca, também cansada da maratona de vigília, mas só de corpo, porque a língua continuava mais afiada do que nunca. As crianças, únicas que dormiram confortáveis em suas camas, acordaram sem entender por que a festa não acabara e mais gente chegava com cara de choro. Avisado da presença do ritual da casa do candomblé na madrugada, chegou Zé Pastor, terno e gravata surrados pelo uso constante, com a bíblia embaixo do braço, forjando postura de homem ungido, pessoalmente, por Deus, com poderes de salvar e encaminhar almas. Não quis ficar aquém, nem perder a chance de proferir sermões confusos, cheios de ameaças do inferno, àquela grande plateia, bem maior do que nos cultos de sua congregação. Gertrudes, relutou, não considerou conveniente, porém permitiu para não causar conturbações. No entanto, solicitou brevidade e a leitura de um salmo adequado e curto, sem improvisos. Desafio para Zé pastor que, analfabeto, não lia, improvisava. *"Irmãos... O Senhor é o nosso pastor... O inferno está..."*. Iniciou, animou-se a continuar, porém, diante do olhar reprovador dos familiares e amigos da falecida, deteve o ímpeto. *"A palavra do Senhor é soberana neste momento de tristeza e despedida da irmã Patrocina"*. Passou a leitura do Salmo para uma de suas jovens ovelhas.

Próximo ao momento de fechar o caixão, já não cabia mais ninguém na sala, quando uma voz conhecida abriu caminho. *"Por favor, com licença, quero dar o meu último adeus a Patrocina. Pensei que não fosse chegar a tempo"*. Insistia a passagem por um caminho que não se abria. *"Ah não! Quem será agora? Teremos mais um culto? Corpo encomendado este! Deste jeito não vai precisar falar nem com São Pedro, já entrou no céu direto"*. Dona Bizoca, controlando os volteios, deixou escapar aos ouvidos dos que estavam mais perto. Sabino apareceu apoiado na bengala de madeira, esculpida com cabeças de pessoas, dirigia-se ao esquife. Num repente, Bará correu e o abraçou com afã de saudades, interrompeu as intenções do velho homem e quase derrubou a bengala de suas mãos. *"Minha menina, você continua ventando como sempre"*. Abraçou-a com ternura, reconhecendo que D. Cina tinha uma herdeira a sua altura. *"O senhor trouxe aqueles queijinhos gostosos?"*, perguntava, sem dar conta da inconveniência do assunto naquele momento. Celeste o tinha avisado por telegrama, ele não a perdoaria se não fosse informado, mas ela não acreditava que chegasse a tempo.

A presença de Sabino valia por um ritual, com a importância de um culto. Vergado pela idade avançada, ninguém acertava quantos anos ele teria, a certeza é que, deste mundo ele vira muitas coisas. Nasceu numa época em que os bondes eram puxados a muares, presenciou depois o avanço da estrada de ferro e, quando o homem alcançou os céus nas asas de um avião, ele já era idoso. A conta de sua idade perdia-se no tempo, calculava-se pelas rugas do rosto, mas era para duvidar dos cálculos pela vitalidade que não combinava com o corpo de aparente fragilidade, e também pela vivacidade da mente, apesar da fala vagarosa e rouca. Decidido, continuou o caminhar, postando-se à frente do esquife, na cabeceira, as mãos rugosas calejadas afagaram a face de Patrocina, quase encoberta pela profusão de flores. Silencioso, sob os olhos atentos e curiosos, parecia orar. Velma cutucou Danaide pedindo colo, do lugar onde estava não avistava os detalhes das ações de Sabino, foi atendida prontamente. Ele reuniu em torno de si toda a família da matriarca, Mauro e Trude de mãos dadas apoiando-se mutuamente; Ézio segurando a mão do pai e de Celeste; Bará, firme do lado da mãe, querendo entender o que acontecia. Velma mudou de colo para o do avô Galdino que não se aguentava em pé de cansaço e desolação, mas que encontrou forças para segurar a neta, sem apoiar-se em ninguém.

Ao constatar que toda a família estava ali, ligada entre si para sempre, o velho homem cresceu, na percepção de Bará, e ficou maior que tudo, maior que a sala. Sabino ergueu sua bengala enfeitada, primeiro para cima, apontando o infinito além do telhado, depois para a esquerda e imediatamente para a direita, por fim apontou a porta da rua. Cochichava alguma coisa de si para si, o semblante compenetrado, a sabedoria dos tempos estampada nele. Bará e Velma, de olhos arregalados, presenciaram que a cada movimento da bengala do homem sábio, fenômenos aconteciam que só as duas e talvez Mãe Bijandira, se estivesse presente, podiam ver. Depois, ele bateu o cajado três vezes no chão, as luzes que as meninas viam sumiram, no entanto, uma estrada luminosa sem fim se estendia para fora da sala, partindo do lugar onde o corpo esperava para ser enterrado. Era chegada a hora de fechar o caixão, o carro funerário estava aguardando. Como dissera Bizoca, muitos seguiriam o cortejo a pé.

Mas, quando se aprontavam para a caminhada, chegaram Maria do Rosário e as Filhas de Maria da Paróquia Santa da Esperança. *"Já vi. Vai começar tudo de novo. Já tivemos de tudo neste velório, acredito que D. Patrocina está ansiosa para ir descansar em paz na sua última morada"*. Lógico que Bizoca não poderia deixar de destilar mais uma de suas pérolas, mas desta vez ninguém a censurou, estavam todos cansados e ansiosos pelo final das homenagens. No entanto, a carola Maria do Rosário, mestre em rezar o terço, não faltava nenhum velório, teve a oportunidade de fazê-lo no de Dona Cina, por mais que o cansaço abatesse a todos. *"Santa Maria mãe de Deus... Rogai por nós, pecadores..."*. E lá foi desfilando, conta por conta, mistério por mistério, no que as vozes respondiam *"amém"*, ao mesmo tempo enfadadas e apressadas. *"Bom, ainda bem que acabou. Depois de tantos mistérios, não sei como vamos achar o caminho de volta do cemitério"*, soltou mais uma de suas pilhérias a Dona Bizoca, enquanto fazia o "Pelo Sinal da Santa Cruz" com o polegar em riste.

SABINO E O MORRER

Logo após o enterro de Patrocina, os familiares apoiando-se, guardando em si lembranças e para si as saudades, recolheram-se e para si as saudades, recolheram-se em seus silêncios. Celeste e Zé Galdino descansaram por algumas horas antes de voltarem para a casa vazia da presença da mãe e da esposa. Sabino ficou por uma semana, tempo suficiente para descansar, depois retornaria para cuidar da propriedade de vinte alqueires, legado do tempo em que não só os muares aravam a terra, mas principalmente a força de braços de pessoas como ele.

Como dizia: *"Terras a perder de vista!"*. Localizada na cidade de Andrada em Minas Gerais, aquela prosperidade foi herdada, como paga do trabalho de gerações sem remuneração, por Francisco Loredo de Assis, em tempos idos, seu avô ou bisavô. Quem sabe? A história perder-se-ia qual a incógnita de sua idade se não fosse a resistência da memória e a persistência em passar adiante, perpetuadas de geração a geração. Sabino era proprietário de uma parcela, assim como os inúmeros parentes e descendentes de Loredo, a quem a gleba fora deixada. Na verdade, o cuidar restringia-se ao respeito que a parentela nutria por ele. Há muito as forças dos braços de Sabino se tinham esvanecido. Restara o suficiente para empunhar a bengala, na qual os símbolos incrustados testemunharam a dinastia de uma realeza antiga e esquecida.

Os pirralhos notaram a diferença da situação, apesar de, como de costume, depois da casa ser frequentada por um monte de gente, o mutirão de faxina, composto pelas mulheres, ter caprichado, repondo os móveis e cadeiras nos seus lugares. Mas, enquanto elas varriam, não se ouviam risadas, comentários jocosos, nem as cantorias.

Confusos e indecisos, entristeceram amuados, para acompanhar o clima geral. No entanto, a tristeza de criança não dura muito, principalmente se não conseguem atinar o motivo. Decidiram, então, rodear o Tio Sabino que demonstrava disposição para aguentar a energia infantil, vivaz e inesgotável, independente dos acontecimentos, e ouvir suas histórias longas e interessantes. Sentado num banquinho no quintal, com Velma, Tércio, Bará, Ézio e Suelma acomodados no chão, discorria sobre um tempo muito diferente desse atual, um tempo em que homens e mulheres foram a energia de um trabalho ingrato e estafante. Às vezes o semblante do velho homem entristecia-se com um detalhe ou outro, mas considerava importante passar informações em forma de fábulas, divertidas e tristes. *"Outro tempo, agora não é mais assim. Mas ainda tem muito que melhorar. Melhorar depende de nós. Não esquecer, não se envergonhar. Conhecer os detalhes escondidos no oco da memória"*. Falava e batia com a bengala no chão, produzindo ruído que ressoava nas mentes da criançada, despertando a vontade de saber mais e mais.

"Vocês sabem, Patrocina conhecia histórias e contou a vocês. Não se esqueçam! Irá acompanhá-los para sempre, por toda a vida. O importante de não esquecê-las é passar para frente, para os seus filhos, netos e se não tiverem, como eu que nunca tive filhos, é passar para outras crianças. Assim, os que já se foram viverão na lembrança viva de vocês. Não morrerão jamais, por mais que não estejam mais presentes em carne e osso entre nós. Não achem que é caduquice de velho. Não é não. Não é mesmo! Saibam que a estrada da vida começa aqui na terra quando nascemos, mas vem de antes, e vai para muito além. Um além que não sabemos onde é, mas que também não termina". Eles prestavam atenção a cada frase, talvez não entendesse de pronto o significado, mas Sabino falava ao coração, plantava sementes palavras, contando com o terreno fértil da imaginação e da curiosidade infantil. Bará não ousou perguntar o que a incomodava, sobre a viagem sem volta de Cina, para não arriscar a revelar os acontecimentos, ao pé da pitangueira, daquela noite de estrelas brilhantes, em volta da lua no céu.

Sabino esmerava-se em emoções contando histórias, Bará, absorta em pensamentos, questionava a viagem sem volta da avó. *"Vovó foi visitar aquelas velhinhas que cantavam bonito. Eu a vi chegando lá. Eu também fui e voltei. Por que ela não volta mais? Por que as velhinhas não deixavam a avó voltar? Mas por quê?".* Aquilo a intrigava, se remoía, não obtinha resposta, não queria perguntar a ninguém com medo de violar a promessa feita, de manter segredo. *"Bará, netinha, isto fica entre nós, você, mamãe e eu. Você aprenderá: Nem tudo se conta, nem tudo se cala, saberá quando é uma coisa, quando é outra"*, tinha dito a matriarca, no momento em que pendurava o talismã em seu pescoço. Bará lembrou-se do que o Tio Sabino dissera sobre os perigos de se perder, não encontrar o caminho de volta, quando lhe tinha mostrado o navio tripulado por homens estranhos e no porto pessoas esquisitas acenavam, circulavam carregando pacotes e tralhas. *"Será que a vovó se perdeu, não encontrou a trilha de voltar? Será que ela teria que ir lá e dar a mão para a vovozinha voltar? Não, não, acho que não, mas se precisar eu vou, me deito de novo no chão e vou buscar ela".* Cismava em dilemas, recordando o que ouvira, repetidamente, naquela semana: *"Morreu. Patrocina morreu!".* Num repente, soltou a pergunta: *"Tio Sabino, o que é morrer?"*

Absortas, valorizando cada frase das histórias do velho homem, emudeceram, frente a coragem de Bará, em perguntar o que eles não ousavam. *"É mesmo, Tio, o que é morrer?".* Incitados, disseram em uníssono. Menos Suelma, que já havia experimentado a dor de ter visto uma pessoa morta. Sabino, em sua sabedoria incutida pela longa existência, intuiu que a menina queria entender a viagem da avó. Baixinho, com voz rouca, de forma que não entendessem a elogiou. *"É, Patrocina fez mesmo uma herdeira que sabe calar e sabe indagar".* Para que todos ouvissem falou: *"Morrer é o significado maior da vida. É preciso saber viver. É preciso mais ainda saber morrer. Quando se morre, vai-se para um lugar especial. O lugar onde o passado, o presente e o futuro se encontram. A gente se encontra com a gente mesmo e com todos os outros que já se foram e nos esperam para celebrar o fim de uma jornada. Morrer não é triste. É preciso saber morrer. Tem pessoas que ficam chamando a morte o tempo todo, estas não sabem viver nem morrer. Tem as que fingem que a morte não existe e fazem absurdos enquanto vivas, e quando ela bate na porta se desesperam. Morrer é* uma arte. Arte da vida. Morrer é inevitável. Mas é na arte de viver que repousa o segredo de se ir em paz. Você perguntou isto por causa de Patrocina. Não foi? Fica calma, minha filha! Ela viveu com arte. Ela, agora, está celebrando sua jornada vitoriosa, com os outros".

As palavras de Sabino ressoaram como música que o vento traz de longe. Silenciosos, entenderam o significado. Não estavam mais confusos, Patrocina estava feliz, talvez triste por ter ido sozinha, fora para um lugar onde existiam pessoas que gostavam dela. Eles estavam com saudades, mas entenderam que um dia a veriam de novo, afinal passados, presentes e futuros se misturam nas dimensões, o mundo de lá e o mundo de cá se cruzam nas conexões do tempo. Olhos fechados, Bará visionou a avó sentada, junto com as matriarcas de muitas gerações. No futuro, seria uma entre elas, o seu lugar estava reservado naquele círculo ancestral, quando chegasse o momento certo. *"Venham todos, o almoço está servido"*. Ouviram o chamado de Danaide. *"Venham! Saco vazio não para em pé"*. Velma, Ézio, Suelma, carregando Tércio no colo, correram para a cozinha com os estômagos roncando de fome. Bará apressou-se em ajudar o tio a levantar-se do banco, apoiando-o. Ele aproveitou para sussurrar-lhe ao ouvido. *"Mais tarde, após o almoço, iremos lá em cima ao pé da pitangueira ver se já brotaram as margaridas"*. Deu um sorrisinho cúmplice e completou: *"Só nós dois, acho que algumas já brotaram. Traga balde com água, precisamos regá-las"*.

O silêncio, um clima tenso de saudade, ressaltava o barulho dos talheres contra os pratos cortando e separando os alimentos. O riso e a fala de Patrocina estavam presentes nas recordações recentes. Gertrudes silente, entendia o porquê daquela pressa em passar o segredo e os ensinamentos, meditava sobre a responsabilidade que a matriarca deixara concretizada nos baús. Enternecia-se ao observar o marido esforçando-se para não demonstrar insegurança e a angústia que a ausência da mãe e seus conselhos lhe causava, no momento em que mais precisava. Mauro, não contou a ninguém, mas sonhou com ela dizendo: *"Estarei sempre com você, meu filho. Mas está na hora de crescer. Sobre o que você foi falar comigo, a decisão é sua. Só sua. Use o bom senso, a intuição e ouça sempre a voz do seu coração. Porque no seu coração sempre estarei"*. Via-a de branco, um adorno em forma de pássaro dourado lhe envolvia a cabeça, no bico aberto sobressaía seu rosto terno e maternal. Estava rodeada de anciãs, cada qual usando um adereço semelhante, distinto na cor e na espécie de pássaro estilizado. O abraçou longamente, ele acordou com a sensação de proteção que o calor do abraço sonhado infundiu. Mesmo naquele momento almoçando sem ela, emocionado, a sentia protegendo-o.

Após o almoço, a família foi descansar das emoções, Sabino e Bará dirigiram-se ao canteiro de margaridas plantadas por D.Cina. Ele lépido, contradizendo seu corpo ancião, subiu os degraus da escada, seguido por Bará, carregando um banquinho. O velho homem sentou-se no banco colocado no meio do canteiro, onde fora enterrado o umbigo. Espetava o chão com a bengala, de cabeça baixa, olhos fechados, interagia com alguém que só ele via, balançava a cabeça assentindo com o que só ele escutava. De repente, ordenou: *"A água, menina. Vá buscar a água para regar as raízes das flores. Não queremos que elas morram, não é?"* Ela, que nada via ou ouvia, mas sentia presenças e pressentia sons, saiu desabalada para cumprir a ordem dada. Quando voltou, o Tio riscava o chão ao redor com a ponta do inseparável cajado. *"Bom, eu sei o que aconteceu aqui. Eu também estava presente, de certa forma. Sei que você sabe da importância de tudo. Regue as flores. Regue. No futuro você fará de tudo isto um lindo jardim. Bom, eu sei que você sabe, já viu lá na frente. Eu e Patrocina estaremos com você, aqui e lá na frente, Estaremos em todos os caminhos que percorrer. A sina de D. Cina é cuidar de todos, e principalmente de você que dela herda dela a sina. Você no futuro irá duvidar de tudo o que viveu e presenciou aqui, mas retornará, retornará sempre que for necessário, lembre-se o seu umbigo está aqui na terra. E a terra é a mãe de todos. Não lhe faltarão tentações. Porém não lhe faltarão, também, conselho e aconchego. Volte aqui sempre que precisar de conforto. Aliás, voltará sempre, como adulta ou como agora. Dúvidas, minha filha, você sempre terá, mas a certeza do local a que você pertence nunca perderá. Agora que já revisitou o seu passado. Passado que a sua vida, atual, a forçava a esquecer de e a negar... Está na hora de voltar. Volte... Volte ao terraço. Volte à sua vida atual. Não se arrependa, não se culpe do que foi e do que é agora... Regue as margaridas... Regue... Volte...* Enquanto Sabino falava, uma folha de pitangueira se desgarrou do galho e *pousou na fita-borboleta na cabeça de Bará... Volte... Volte... Volte para sua vida e continue traçando o seu destino".*

24
BARÁ DE VOLTA AO TERRAÇO

"Bará… Bará… Cadê você? Bará? Liguei, por que você não atendeu? Bará querida! Eu me demorei porque ventava muito. Parei o carro até passar. Sabe, caiu uma árvore grande, o vento estava tão forte que a arrancou pela raiz. Fiquei sabendo pelo rádio do carro e desviei, mudei o percurso. Bará, amor! Não vai dizer que você ficou aí no terraço? Bará…" Heitor percorria o amplo apartamento da Doutora Bárbara, a mulher da sua vida, por quem se apaixonara há mais de quatro anos. *"Bará, amor, trouxe sorvete de pitanga, aquele que você adora. Está na embalagem de isopor, mas acho que derreteu um pouco. Também com aquele desvio que fiz para fugir do trânsito caótico".* Heitor dirigiu-se à cozinha espaçosa, equipada com o que havia de mais moderno. Não conseguia entender por que Bárbara insistia em que morassem em apartamentos separados. Era um desperdício, dinheiro não era problema para os dois, a verdade é que queria estar sempre junto a ela. Abriu a porta do freezer, sentindo o vento gelado no rosto acobreado de barba escanhoada, encontrou um espaço, em meio a tantos alimentos, para o sorvete.

"Amor… Amor". Continua a chamá-la. Heitor agradecia aos céus, sempre, por ambos terem respondido ao anúncio de vaga de emprego para engenheiros e arquitetos. Com tantos candidatos, eles dois foram selecionados e trabalharam no mesmo projeto, um prédio de alto padrão. Encantou-se por aquela mulher desde o dia em que a conheceu. Ela tornou-se imprescindível em sua vida. *"Querida, vou me servir de um uísque, quer um? Preciso relaxar a tensão. Não é fácil driblar os fenômenos da natureza. Sabe, às vezes, eu me sinto tão pequeno perante essas forças",* falava enquanto colocava a bebida em dois copos. Sorveu um gole profundo e ficou a meditar por instantes. Os olhos

de Heitor carregavam uma melancolia inexplicável, seus lábios sorriam, mas o olhar nunca sorria. Este detalhe encantou e atraiu Bárbara, nos momentos de carinho, beijava-lhe os olhos, hipnotizava-se pelo tom castanho, brilhante e triste. No calor do sexo, dizia: *"Heitor, meu guerreiro. Meu menino de olhar melancólico".*

"Bárbara, você já se decidiu? É sobre isto que está pensando aí na varanda?". Referia-se ao projeto de abrirem o próprio escritório de engenharia, alçar outros voos, empreitada arriscada, mas ele acreditava no êxito, enquanto ela demonstrava receio. As recordações impulsionam a hesitação de Bárbara, que tinha vivenciado o quanto fora difícil, para Mauro, ampliar os negócios. Juntamente com Gertrudes, trabalharam dobrado, e houve momentos em que quase desistiram. Heitor preocupou-se ao não obter nenhuma resposta. Levantou-se do sofá e dirigiu-se à varanda. Através da porta de vidro, que separava a ampla sala de jantar do living, observava Bárbara distraída, ausente, como se estivesse em outro mundo, outros planetas. No início do namoro, isto o inquietava, bastava um projeto com solução difícil, o semblante viajador nublava o brilho vivaz do olhar da amada. Temeroso de ser a manifestação de alguma enfermidade, propôs que ela procurasse ajuda especializada. Sugestão refutada com vigor terno. *"Meu querido, com o tempo você vai entender. Eu sou filha de D. Trude, neta de D, Cina e, se isto não bastasse, trago em mim o vento dos tempos. Não preciso de tratamento não, amor. Tranquilize-se, com o tempo você aprenderá a conviver com o que chamam de minhas esquisitices".* Beijava-o. *"Oh! Meu guerreiro de olhos tristes",* deixando-o todo mole de emoção e todo aceso de excitação.

"Bará... Bará!". Repetiu inúmeras vezes o apelido que ela lhe proibiu de pronunciar em público. Certa vez, quando Heitor, por distração, cometeu a indiscrição usando dessa intimidade em plena reunião com empreiteiros, foi advertido: *"Não fica bem, Heitor, ademais é um apelido de infância. Mais que um codinome, significa muito, não gostaria que qualquer um se sentisse autorizado a dizê-lo. Só as pessoas que amo, que me amam, podem me chamar assim".* Desse dia em diante, se policiou para não incidir no erro. *"Bará... Bará!".* Nas mãos, uma folha de pitangueira partida ao meio que ela,

como numa auto-hipnose, rodava entre os dedos, da esquerda para a direita. Pela desidratação da folha, Heitor presumiu ser aquele transe mais demorado que os costumeiros. Aproximou-se cuidadoso, sussurrou-lhe ao ouvido: *"Bará... Volte... Volte, Bará!".* Flagrada naquele estado de ausência, fechou a mão, instintivamente, aprisionando a folha, como se quisesse esconder um delito. Olhou para o homem que amava, ouvia-lhe a voz misturada com a do Tio Sabino. *"Volte... Bará... Volte".* A do ancião sumia aos poucos. *"Volte... Bará... Volte".* A voz meiga de Heitor sobrepunha-se a de Sabino. *"Volte... Bará... Volte".* Despertada, lhe acarinhou o rosto, inebriando-o com o aroma almiscarado do perfume que usava, misturado com o da folha macerada.

"Oi, amor! Estava distraída? Estou aqui há um tempinho. Você não me ouviu? Adivinha? Trouxe sorvete de pitanga, seu predileto". Heitor observou-lhe as formas sensuais ressaltadas sob a lingerie, arrepiou-se, a paixão correu-lhe pelas veias no ímpeto de abraçá-la e beijá-la ardentemente. No entanto, ao perceber a situação de abandono lânguido em que sua querida Bará se encontrava, a ternura sobrepujou os desejos, acentuando o brilho castanho de seus olhos marejados de emoção. *"Heitor! Amor, eu me distraí ouvindo a música do vento. Mas já parou de ventar. Não é mesmo?"* Terminou a frase com um beijo demorado nos lábios carnudos do amado. *"Tenho duas notícias para lhe dar. A primeira, sim, nós vamos abrir nosso próprio escritório. Decidi arriscar, faz parte da vida e temos que viver sem medo. O resto... bom como dizia a minha avó, não se fala tudo que se sabe. E, olha que ela sabia muito".* O sorriso de Heitor iluminou o terraço, a sala, a rua. *"A segunda notícia, bom, na verdade são três as notícias. Mas, as outras eu não lhe contarei aqui. Vamos para a sala",* assim, dizendo, segurou-o pela mão, guiando-o para o recanto mais especial da residência.

Heitor, na expectativa, a seguia silencioso. Ao pararem diante de uma espécie de nicho caprichosamente planejado e decorado com as relíquias por ela herdada, repletas de símbolos, foi tomado pelos sentimentos de orgulho e admiração, como se estivesse ali pela primeira vez. Três prateleiras semicirculares, em mármore, fixadas em ângulo de noventa graus, na quina da parede da sala de jantar, de forma a aparentar estarem suspensas. A primeira, de baixo para cima, maior em dimensão e profundidade, a segunda medindo, exata, metade da primeira, a terceira metade do tamanho da segunda, como uma escada de três degraus. Na prateleira maior, fulgurava a velha arca confeccionada em madeira, com entalhes estilísticos em relevo; aquela que um dia D. Patrocina, abrindo-a, expuseram para a menina os segredos ali contidos. Na prateleira central, dois baús menores, sobre uma toalha de linho branco, bordada em dourado e coral, com motivos de flores e pássaros, onde repousavam em segurança as esculturas das deusas ancestrais: a trabalhada em terracota e esculpida em pedra sabão. Na última prateleira, o quarto baú que resguardava a estatueta forjada em ferro, dividindo o espaço com um vaso de cristal contendo um generoso galho de pitanga, em forma de forquilha, que ostentava verde folhagem.

"Bom, Heitor, o que vou lhe falar é sério, mudará as nossas vidas. Escolhi aqui o lugar de que mais gosto na casa para lhe comunicar. Você sabe que estes baús estão com a minha família eu não sei há quanto tempo, quem os deu a mim foi minha avó Cina. Eu nunca me esquecerei dela, nem do dia em que ela me presenteou com eles". Heitor imaginou que Bárbara fosse vendê-los, obtendo capital para a nova empreitada do escritório. Valiam uma fortuna pela antiguidade, ele nunca soube o que guardavam, mas considerava ser valioso porque Bará os trazia trancados e as chaves escondidas. *"Não me diga que irá vendê-los. Não faça isto, amor, são importantes para você. Não faça, levantamos empréstimo no banco. Adiamos os planos. Não faça".* Manifestou-se com o firme propósito de dissuadi-la. *"Meu menino, não seja tolo. Jamais farei isto. Não me desfaria da minha história representada neles, nunca. Minha não, nossa história. Ainda mais agora. O dinheiro que poupamos dá para começar. Precisando de mais, levantamos empréstimo. Não é isto não!".* Embeveceu-se no castanho melancólico do olhar de Heitor, sorriu complacente, afagou o berloque de estrela e lua que trazia ao pescoço, fitou as suas relíquias.

"Vamos morar juntos, afinal. Você ainda deseja, não deseja?". Sem dar chance de resposta, emendou. *"Vamos ter uma filha. Estou grávida. Vai se chamar Acotirene. No final de semana vamos comunicar a nossa decisão e a chegada de mais um membro da família Lou-*

renço de Assis aos meus pais, sei que sua sogra D. Trude ficará exultante. Ézio aumentou a descendência dando-lhes cinco netos homens que fazem a alegria dos avós, ainda mais morando naquela casa construída ao longo da vida. Depois da reforma, que eu e você, amor, planejamos e concretizamos, os espaços ficaram bem mais confortáveis, os lourencinhos se esbaldam naquele pomar e no jardim que ampliamos. Acotirene será a primeira menina do clã; com certeza Velma vai adorar a nova sobrinha; quando voltar da viagem a Itália, eu já estarei bem gordinha. É uma pena que, com as viagens constantes, não poderá desfrutar muito do prazer de vê-la crescer. Mas, também, quem mandou escolher a profissão de estilista de moda, e ainda por cima ser muito requisitada. Velminha parece ter rodinhas nos pés, como diria minha avó". Depois de horas em silêncio, Bárbara compensava, despejando emoções em palavras no impactado Heitor que, após organizar internamente o vendaval de novidades, sorria feliz. Já refeito, manifestava o contentamento beijando longamente Bará que, num daqueles seus lampejos, vislumbrava o Conselho das Ancestrais, sentadas em forma de ciranda, cantando, D. Cina sorrindo e abrindo espaço para mais um lugar no círculo.

Esta obra foi composta em Arno pro light display 12 para a Editora Malê e impressa em papel pólen bold 90, pela gráfica Trio, em outubro de 2024.